ROMANS,

NOUVELLES ET MÉLANGES;

PAR CH. NODIER.

TRILBY.

DE L'IMPRIMERIE DE DAVID,

RUE DU POT-DE-FER, N° 14, F. S.-G.

TRILBY,

OU

LE LUTIN D'ARGAIL.

NOUVELLE ÉCOSSOISE.

PAR CH. NODIER.

AMOUR ET CHARITÉ.

PARIS,

CHEZ LADVOCAT, LIBRAIRE,

PALAIS-ROYAL, GALERIE DE BOIS, N° 195.

M. DCCC. XXII.

AVERTISSEMENT.

LE sujet de cette nouvelle est tiré d'une préface, ou d'une note des romans de sir Walter Scott, je ne sais pas lequel. Comme toutes les traditions populaires, celle-ci a fait le tour du monde et se trouve partout. C'est le *Diable amoureux* de toutes les mythologies. Cependant, le plaisir de parler d'un pays que j'aime, et de peindre des sentimens que je n'ai pas oubliés ; le charme d'une superstition qui est, peut-être, la plus jolie fantaisie de l'imagination des modernes ; je ne sais quel mélange de mélancolie douce et de gaîté naïve que présente la fable originale, et qui n'a pas pu passer entièrement dans cette imitation : tout cela m'a séduit au point de ne me laisser, ni

le temps, ni la faculté de réfléchir sur le fond trop vulgaire
d'une espèce de composition dans
laquelle il est naturel de chercher
avant tout l'attrait de la nouveauté. J'écrivois, au reste, en
sûreté de conscience, puisque
je n'ai lu aucune des nombreuses
histoires dont celle de mon lutin
a pu donner l'idée, et je me pro-
mettois, d'ailleurs, que mon récit, qui diffère nécessairement des
contes du même genre, par tous
les détails de mœurs et de lo-

calités, auroit encore, en cela,
un peu de cet intérêt qui s'attache aux choses nouvelles. Je
l'abandonne, quoiqu'il en soit,
aux lecteurs accoutumés des écrits
frivoles, avec cette déclaration
faite dans l'intérêt de ma conscience, beaucoup plus que dans
celui de mes succès. Il n'est pas
de la destinée de mes ouvrages
d'être jamais l'objet d'une con-
troverse littéraire.

Quand j'ai logé le *Lutin d'Ar-*

gail dans les pierres du foyer,
et que je l'ai fait converser avec
une fileuse qui s'endort, je con-
noissois depuis long-temps une
jolie composition de M. Delatou-
che, où cette charmante tradition étoit racontée en vers enchan-
teurs; et comme ce poëte est
selon moi, dans notre littérature,
l'Hésiode des esprits et des fées,
je me suis enchaîné à ses inven-
tions avec le respect qu'un homme qui s'est fait auteur doit aux
classiques de son école. Je serai

bien fier s'il résulte pour quelqu'un de cette petite explication que j'étois l'ami de M. De-
latouche, car j'ai aussi des pré-
tentions à ma part de gloire et
d'immortalité.

C'est ici que cet avertissement
devoit finir, et il pourroit même
paroître long, si l'on n'avoit
égard qu'à l'importance du sujet;
mais j'éprouve la nécessité de
répondre à quelques objections
qui se sont élevées d'avance con-

tre la forme de mon foible ouvrage, pendant que je m'amu-
sois à l'écrire, et que j'aurois
mauvaise grâce de braver ouver-
tement. Quand il y a déjà tant
de chances probables contre un
bien modeste succès, il est au
moins prudent de ne pas laisser
prendre à la critique des avantages trop injustes, ou des droits
trop rigoureux. Ainsi, c'est avec
raison, peut-être, qu'on s'élève
contre la monotonie d'un choix
de localité que la multiplicité

des excellens romans de sir Walter Scott a rendu populaire
jusqu'à la trivialité, et j'avoue-
rai volontiers que ce n'est maintenant ni un grand effort d'imagination, ni un grand ressort de
nouveauté, que de placer en
Ecosse la scène d'un poëme ou
d'un roman. Cependant, quoique sir Walter Scott ait pro-
duit, je crois, dix ou douze
volumes depuis que j'ai tracé
les premières lignes de celui-ci,
distraction rare et souvent né-

gligée de différens travaux plus
sérieux, je ne choisirois pas au-
trement le lieu et les accessoi-
res de la scène, si j'avois à re-
commencer. Ce n'est toutefois
pas la manie à la mode qui m'a
assujetti, comme tant d'autres,
à cette cosmographie un peu bar-
bare, dont la nomenclature in-
harmonique épouvante l'oreille
et tourmente la prononciation de
nos dames. C'est l'affection particulière d'un voyageur pour une
contrée qui a rendu à son cœur,

dans une suite charmante d'impressions vives et nouvelles, quelques-unes des illusions du jeune âge ; c'est le besoin si naturel à tous les hommes de se *rebercer*, comme dit Schiller, *dans les rêves de leur printemps.* Il y a une époque de la vie où la pensée recherche avec un amour exclusif les souvenirs et les images du berceau. Je n'y suis pas encore parvenu. Il y a une époque de la vie, où l'âme déjà fatiguée se rajeunit encore dans d'agréables con-

quêtes sur l'espace et sur le temps
C'est celle-là dont j'ai voulu fixer
en courant les sensations prêtes à
s'effacer. Que signifieroient, au
reste, dans l'état de nos mœurs
et l'éblouissante profusion de nos
lumières, l'histoire crédule des rê-
veries d'un peuple enfant, appro-
priée à notre siècle et à notre pays?
Nous sommes trop perfectionnés
pour jouir de ces mensonges délicieux, et nos hameaux sont trop
savants pour qu'il soit possible d'y
placer avec vraisemblance au-

jourd'hui les traditions d'une superstition intéressante. Il faut
courir au bout de l'Europe, af-
fronter les mers du Nord et les
glaces du Pôle, et découvrir dans
quelques huttes à demi sauvages
une tribu tout-à-fait isolée du
reste des hommes, pour pouvoir
s'attendrir sur de touchantes er-
reurs, seul reste des âges d'igno-
rance et de sensibilité.

Une autre objection dont j'a-
vois à parler, et qui est beaucoup

moins naturelle, mais qui vient de plus haut, et qui offroit des consolations trop douces à la médiocrité didactique et à l'impuissance ambitieuse, pour n'en être pas accueillie avec empressement, est celle qui s'est nouvellement développée dans des considérations d'ailleurs fort spirituelles *sur les usurpations réciproques de la poésie et de la peinture*, et dont le genre qu'on appelle *romantique* a été le prétexte. Personne n'est plus disposé que moi à

1*

convenir que le genre *romanti-*
que est un fort mauvais genre,
surtout tant qu'il ne sera pas dé-
fini, et que tout ce qui est es-
sentiellement détestable appar-
tiendra, comme par une nécessité invincible, au genre romantique ; mais c'est pousser la
proscription un peu loin, que de
l'étendre au style descriptif ;
et je tremble de penser que si
on enlève ces dernières ressources,
empruntées d'une nature physi-
que invariable, aux nations avan-

cées, chez lesquelles les plus précieuses ressources de l'inspiration morale n'existent plus, il faudra bientôt renoncer aux arts et à la poésie. Il est généralement vrai que la poésie descriptive est la dernière qui vienne à briller chez les peuples, mais c'est que chez les peuples vieillis, il n'y a plus rien à décrire que la nature qui ne vieillit jamais. C'est de-là que résulte à la fin de toutes les sociétés le triomphe inévitable des talens d'imitation sur les arts d'imagination, sur l'invention et le génie. La démonstration rigoureuse de ce principe seroit, du reste, fort déplacée ici.

Je conviens d'ailleurs que cette question ne vient pas jusqu'à moi, dont les essais n'appartiennent à aucun genre avoué. Et que m'importe ce qu'on en pensera dans mon intérêt ? C'est pour un autre Chateaubriand, pour un Bernardin de Saint Pierre à venir, qu'il faut décider si le style des-

criptif est une usurpation ambitieuse sur l'art de peindre la pensée, comme certains tableaux de
David, de Gérard et de Girodet
sur l'art de l'écrire ; et si l'inspiration circonscrite dans un cercle
qu'il ne lui est plus permis de fran-
chir n'aura jamais le droit de s'é-
garer sous le *Frigus opacum* et à
travers les *gelidæ fontium pe-
rennitates* des poètes paysagistes
qui ont trouvé ces heureuses expressions sans la permission de
l'Académie.

N. B. L'orthographe propre des sites écossois, qui doit être inviolable dans un ouvrage de relation, me paroissant fort indifférente dans un ouvrage d'imagination qui n'est pas plus destiné à fournir des autorités en cosmographie qu'en littérature, je me suis permis de l'altérer en quelques endroits, pour éviter de ridicules équivoques de prononciation, ou des consonnances désagréables. Ainsi, j'ai écrit *Argail* pour *Argyle*, et *Balva*

pour *Balvaïg*, exemples qui se-
roient au moins justifiés, le premier par celui de l'Arioste et de
ses traducteurs, le second par celui de Macpherson et de ses copis-
tes, mais qui peuvent heureuse-
sement se passer de leur appui
aux yeux du public sagement
économe de son temps qui ne lit
pas les préfaces.

TRILBY,

ou

LE LUTIN D'ARGAIL.

———————

Il n'y a personne parmi vous, mes
chers amis, qui n'ait entendu parler
des *drows* de Thulé et des *elfs* ou lutins familiers de l'Ecosse, et qui ne sa-
che qu'il y a peu de maisons rustiques
dans ces contrées qui ne comptent un
follet parmi leurs hôtes. C'est d'ailleurs un démon plus malicieux que

2

méchant et plus espiègle que malicieux, quelquefois bizarre et mutin, souvent doux et serviable, qui a toutes les bonnes qualités et tous les défauts d'un enfant mal élevé. Il fréquente rarement la demeure des grands et les fermes opulentes qui réunissent un grand nombre de serviteurs; une destination plus modeste lie sa vie mystérieuse à la cabane du pâtre ou du bûcheron. Là, mille fois plus joyeux que les brillans parasites de la fortune, il se joue à contrarier les vieilles femmes qui médisent de lui dans leurs veillées, ou à troubler de rêves incompréhensibles, mais gracieux, le sommeil des jeunes filles.

Il se plait particulièrement dans les étables, et il aime à traire pendant la nuit les vaches et les chèvres du hameau, afin de jouir de la douce surprise des bergères matinales, quand elles arrivent dès le point du jour, et ne peuvent comprendre par quelle merveille les jattes rangées avec ordre regorgent de si bonne heure d'un lait écumeux et appétissant; ou bien il caracole sur les chevaux qui hennissent de joie, roule dans ses doigts les longs anneaux de leurs crins flottans, lustre leur croupe polie, ou lave d'une eau pure comme le cristal leurs jambes fines et nerveuses. Pendant l'hiver, il préfère à

tout les environs de l'âtre domestique et les pans couverts de suie de
la cheminée, où il fait son habitation
dans les fentes de la muraille, à côté
de la cellule harmonieuse du grillon.
Combien de fois n'a-t-on pas vu
Trilby, le joli lutin de la chaumière
de Dougal, sautiller sur le rebord
des pierres calcinées avec son petit
tartan de feu et son *plaid* ondoyant
couleur de fumée, en essayant de
saisir au passage les étincelles qui
jaillissoient des tisons et qui montoient en gerbe brillante au-dessus
du foyer! Trilby étoit le plus jeune,
le plus galant, le plus mignon des
follets. Vous auriez parcouru l'Écosse

entière, depuis l'embouchure du Sol-
way jusqu'au détroit de Pentland,
sans en trouver un seul qui pût lui
disputer l'avantage de l'esprit et de
la-gentillesse. On ne racontoit de lui
que des choses aimables et des capri-
ces ingénieux. Les châtelaines d'Argail
et de Lennox en étoient si éprises, que
plusieurs d'entre elles se mouroient
du regret de ne pas posséder dans
leurs palais le lutin qui avoit enchanté
leurs songes, et le vieux laird de Lutha
auroit sacrifié, pour pouvoir l'offrir à
sa noble épouse, jusqu'au claymore
rouillé d'Archibald, ornement gothique de sa salle d'armes; mais Trilby
se soucioit peu du claymore d'Archi-

bald, et des palais et des châtelaines
Il n'eût pas abandonné la chaumière
de Dougal pour l'empire du monde,
car il étoit amoureux dè la brune
Jeannies, l'agaçante batelière du lac
Beau, et il profitoit de temps en
temps de l'absence du pêcheur, pour
raconter à Jeannies les sentimens
qu'elle lui avoit inspirés. Quand
Jeannies, de retour du lac, avoit vu
s'égarer au loin, s'enfoncer dans une
anse profonde, se cacher derrière un
cap avancé, pâlir dans les brûmes
de l'eau et du ciel, la lumière errante
du bateau voyageur qui portoit son
mari et les espérances d'une pêche
heureuse, elle regardoit encore du

seuil de la maison, puis rentroit en
soupirant, attisoit les charbons à
demi blanchis par la cendre, et faisoit pirouetter son fuseau de cytise
en fredonnant le cantique de saint
Dunstan, ou la ballade du revenant
d'Aberfoïl; et dès que ses paupières,
appesanties par le sommeil, commençoient à voiler ses yeux fatigués,
Trilby, qu'enhardissoit l'assoupisse-
ment de sa bien-aimée, sautoit légèrement de son trou, bondissoit avec
une joie d'enfant dans les flammes,
en faisant sauter autour de lui un
nuage de paillettes de feu, se rap-
prochoit plus timide de la fileuse endormie, et quelquefois rassuré par

le souffle égal qui s'exhaloit de ses lèvres à intervalles mesurés, s'avançoit, reculoit, revenoit encore, s'élançoit jusqu'à ses genoux en les effleurant comme un papillon de nuit du battement muet de ses ailes invisibles, alloit caresser sa joue, se rouler dans les boucles de ses cheveux, se suspendre, sans y peser, aux anneaux d'or de ses oreilles, ou se reposer sur son sein en murmurant d'une voix plus douce que le soupir de l'air à peine ému quand il meurt sur une feuille de tremble : « Jeannies, ma belle Jeannies, écoute un » moment l'amant qui t'aime et qui » pleure de t'aimer, parce que tu ne

» réponds pas à sa tendresse. Prends
» pitié de Trilby, du pauvre Trilby.
» Je suis le follet de la chaumière.
» C'est moi, Jeannies, ma belle Jean-
» nies, qui soigne le mouton que tu
» chéris, et qui donne à sa laine un
» poli qui le dispute à la soie et à
» l'argent. C'est moi qui supporte le
» poids de tes rames pour l'épargner
» à tes bras, et qui repousse au loin
» l'onde qu'elles ont à peine touchée.
» C'est moi qui soutiens ta barque
» lorsqu'elle se penche sous l'effort du
» vent, et qui la fais cingler contre la
» marée comme sur une pente facile.
» Les poissons bleus du lac Long et
» du lac Beau, ceux qui font jouer

» aux rayons du soleil sous les eaux
» basses de la rade les saphirs de leur
» dos éblouissant, c'est moi qui les
» ai apportés des mers lointaines du
» Japon, pour réjouir les yeux de
» la première fille que tu mettras au
» monde, et que tu verras s'élancer
» à demi de tes bras en suivant leurs
» mouvemens agiles et les reflets va-
» riés de leurs écailles brillantes. Les
» fleurs que tu t'étonnes de trouver
» le matin sur ton passage dans la
» plus triste saison de l'année, c'est
» moi qui vais les dérober pour toi à
» des campagnes enchantées dont tu
» ne soupçonnes pas l'existence, et où
» j'habiterois, si je l'avois voulu, de

» riantes demeures, sur des lits de
» mousse veloutée que la neige ne
» couvre jamais, ou dans le calice em-
» baumé d'une rose qui ne se flétrit
» que pour faire place à des roses
» plus belles. Quand tu respires une
» touffe de thym enlevée au rocher,
» et que tu sens tout-à-coup tes lèvres
» surprises d'un mouvement subit,
» comme l'essor d'une abeille qui s'en-
» vole, c'est un baiser que je te ravis
» en passant. Les songes qui te plai-
» sent le mieux, ceux dans lesquels
» tu vois un enfant qui te caresse avec
» tant d'amour, moi seul je te les en-
» voie, et je suis l'enfant dont tes lè-
» vres pressent les lèvres enflammées

» dans ces doux prestiges de la nuit.
» O ! réalise le bonheur de nos rêves !
» Jeannies, ma belle Jeannies, en-
» chantement délicieux de mes pen-
» sées, objet de souci et d'espérance,
» de trouble et de ravissement, prends
» pitié du pauvre Trilby, aime un
» peu le follet de la chaumière ! »

Jeannies aimait les jeux du follet,
et ses flatteries caressantes, et les
rêves innocemment voluptueux qu'il
lui apportoit dans le sommeil. Long-
temps elle avoit pris plaisir à cette
illusion sans en faire confidence à
Dougal, et cependant la physionomie si douce et la voix si plaintive de

l'esprit du foyer se retraçoit souvent
à sa pensée, dans cet espace indécis
entre le repos et le réveil où le cœur
se rappelle malgré lui les impressions
qu'il s'est efforcé d'éviter pendant le
jour. Il lui sembloit voir Trilby se
glisser dans les replis de ses rideaux,
ou l'entendre gémir et pleurer sur
son oreiller. Quelquefois même, elle
avoit cru sentir le pressement d'une
main agitée, l'ardeur d'une bouche
brûlante. Elle se plaignit enfin à
Dougal de l'opiniâtreté du démon
qui l'aimoit et qui n'étoit pas inconnu au pêcheur lui-même, car ce rusé
rival avoit cent fois enchaîné son
hameçon ou lié les mailles de son fi-

let aux herbes insidieuses du lac.
Dougal l'avoit vu au-devant de son
bateau, sous l'apparence d'un poisson énorme, séduire d'une indolence
trompeuse l'attente de sa pêche nocturne, et puis plonger, disparoître,
effleurer le lac sous la forme d'une
mouche ou d'une phalène, et se perdre sur le rivage avec l'*Hope-Clover*
dans les moissons profondes de la lu-
zerne. C'est ainsi que Trilby égaroit
Dougal, et prolongeoit long-temps
son absence.

Pendant que Jeannies, assise à
l'angle du foyer, racontoit à son mari
les séductions du follet malicieux,

qu'on se représente la colère de Trilby, et son inquiétude, et ses terreurs!
Les tisons lançoient des flammes blan-
ches qui dansoient sur eux sans les
toucher ; les charbons étinceloient de
petites aigrettes pétillantes, le farfa-
det se rouloit dans une cendre en-
flammée et la faisoit voler autour de
lui en tourbillons ardens. « Voilà qui
» est bien, dit le pêcheur. J'ai passé
» ce soir le vieux Ronald, le moine
» centenaire de Balva, qui lit couram-
» ment dans les livres d'église, et qui
» n'a pas pardonné aux lutins d'Argail
» les dégats qu'ils ont faits l'an dernier
» dans son presbytère. Il n'y a que lui
» qui puisse nous débarrasser de cet

» ensorcelé de Trilby, et le reléguer jus-
» ques dans les rochers d'Inisfaïl, d'où
» nous viennent ces méchans esprits. »

Le jour n'étoit pas arrivé que l'ermite fut appelé à la chaumière de
Dougal. Il passa tout le temps que le
soleil éclaira l'horizon en méditations
et en prières, baisant les reliques des
saints, et feuilletant le Rituel et la
Clavicule. Puis, quand les heures de
la nuit furent tout-à-fait descendues,
et que les follets égarés dans l'espace
rentrèrent en possession de leur demeure solitaire, il vint se mettre à
genoux devant l'âtre embrasé, y jeta
quelques frondes de houx béni, qui

brûlèrent en craquetant, épia d'une
oreille attentive le chant mélancoli-
que du grillon qui pressentoit la perte
de son ami, et reconnût Trilby à ses
soupirs. Jeannies venoit d'entrer.

Alors le vieux moine se releva, et
prononçant trois fois le nom de Trilby d'une voix redoutable : « Je t'ad-
»jure, lui dit-il, par le pouvoir que
» j'ai reçu des sacremens, de sortir de
» la chaumière de Dougal le pêcheur,
» quand j'aurai chanté pour la troi-
» sième fois les saintes litanies de la
» vierge. Comme tu n'avois jamais
» donné lieu, Trilby, à une plainte
» sérieuse, et que tu étois même connu

2*

» en Argail pour un esprit sans mé-
» chanceté ; comme je sais d'ailleurs
» par les livres secrets de Salomon,
» dont l'intelligence est en particulier
» réservée à notre monastère de Bal-
» va, que tu appartiens à une race
» mystérieuse dont la destinée à ve-
» nir n'est pas irréparablement fixée,
» et que le secret de ton salut ou de
» ta damnation est encore caché dans
» la pensée du Seigneur, je m'abstiens
» de prononcer sur toi une peine plus
» sévère. Mais qu'il te souvienne, Tril-
» by, que je t'adjure au nom du pou-
» voir que les sacremens m'ont donné,
» de sortir de la chaumière de Dou-
» gal le pêcheur, quand j'aurai chanté

» pour la troisième fois les saintes li-
» tanies de la vierge ! »

Et le vieux moine chanta pour la
première fois, accompagné des répons de Dougal et de Jeannies dont
le cœur commençoit à palpiter d'une
émotion pénible. Elle n'étoit pas sans
regret d'avoir révélé à son mari les
timides amours du lutin, et l'exil de
l'hôte accoutumé du foyer lui faisoit comprendre qu'elle lui étoit plus
attachée qu'elle ne l'avoit cru jusqu'alors.

Le vieux moine prononçant de nouveau par trois fois le nom de Trilby.

« Je t'adjure, lui dit-il, de sortir de
» la chaumière de Dougal le pêcheur,
» et afin que tu ne te flattes pas de
» pouvoir éluder le sens de mes pa-
» roles, car ce n'est pas d'aujourd'hui
» que je connois votre malice, je te
» signifie que cette sentence est irré-
» vocable à jamais...»

« Hélas, dit tout bas Jeannies !

» A moins, continua le vieux moine,
» que Jeannies ne te permette d'y re-
» venir. »

Jeannies redoubla d'attention.

» Et que Dougal lui-même ne t'y
» envoie. — »

«Hélas, répéta Jeannies!

» Et qu'il te souvienne, Trilby, que
» je t'adjure, au nom du pouvoir que
» les sacremens m'ont donné, de sor-
» tir de la chaumière de Dougal le pê-
» cheur, quand j'aurai chanté deux
» fois encore les saintes litanies de la
» Vierge. — »

Et le vieux moine chanta pour la
seconde fois, accompagné des répons de Dougal et de Jeannies qui ne
prononçoit plus qu'à demi voix, et
la tête à demi-enveloppée de sa noire
chevelure, parceque son cœur étoit
gonflé de sanglots qu'elle cherchoit à
contenir, et ses yeux mouillés de lar-

mes qu'elle cherchoit à cacher.
« Trilby, se disoit-elle, n'est pas d'une
» race maudite; ce moine vient lui-
» même de l'avouer ; il m'aimoit avec
» la même innocence que mon mou-
» ton ; il ne pouvoit se passer de moi.
» Que deviendra-t-il sur la terre quand
» il sera privé du seul bonheur de ses
» veillées? Étoit-ce un si grand mal,
» pauvre Trilby, qu'il se jouât le soir
» avec mon fuseau, quand, presque
» endormie, je le laissois échapper de
» ma main, ou qu'il se roulât en le
» couvrant de baisers dans le fil que
» j'avois touché? »

Mais le vieux moine répétant encore par trois fois le nom de Trilby, et recommençant ses paroles dans le même ordre. « Je t'adjure, lui dit-il, » au nom du pouvoir que les sacre- » mens m'ont donné, de sortir de la » chaumière de Dougal le pêcheur, » et je te défends d'y rentrer jamais, » sinon aux conditions que je viens » de te prescrire, quand j'aurai chanté » une fois encore les saintes litanies » de la Vierge.

Jeannies porta sa main sur ses yeux.

» Et crois que je punirai ta rebel- » lion d'une manière qui épouvantera

» tous tes pareils ! je te lierai pour
» mille ans, esprit désobéissant et
» malin, dans le tronc du bouleau le
» plus noueux et le plus robuste du
» cimetière ! »

« Malheureux Trilby, dit Jean-
» nies ! »

« Je le jure sur mon grand Dieu,
» continua le moine, et cela sera fait
» ainsi. »

Et il chanta pour la troisième fois,
accompagné des répons de Dougal.
Jeannies ne répondit pas. Elle s'étoit
laissée tomber sur la pierre saillante

qui borde le foyer, et le moine et
Dougal attribuoient son émotion au
trouble naturel que doit faire naître
une cérémonie imposante. Le dernier
répons expira; la flamme des tisons
pâlit; une lumière bleue courût sur
la braise éteinte et s'évanouit. Un
long cri retentit dans la cheminée
rustique. Le follet n'y étoit plus.

» Où est Trilby, dit Jeannies en
revenant à elle?—Parti, dit le moine
avec orgueil.— «Parti! s'écria-t-elle,
d'un accent qu'il prit pour celui de
l'admiration et de la joie! Les livres
sacrés de Salomon ne lui avoient pas
appris ces mystères.

3

A peine le follet avoit quitté le seuil
de la chaumière de Dougal, Jeannies sentit amèrement que l'absence
du pauvre Trilby en avoit fait une
profonde solitude. Ses chansons de
la veillée n'étoient plus entendues de
personne, et certaine de ne confier
leurs refrains qu'à des murailles in-
sensibles, elle ne chantoit que par
distraction ou dans les rares moments
où il lui arrivoit de penser que Trilby, plus puissant que la Clavicule et
le Rituel, avoit peut-être déjoué les
exorcismes du vieux moine et les sévères arrêts de Salomon. Alors l'œil
fixé sur l'âtre, elle cherchoit à dis-
cerner dans les figures bizarres que

la cendre dessine en sombres com-
partiments sur la fournaise éblouissante; quelques-uns des traits que
son imagination avoit prêtés à Trilby; elle n'apercevoit qu'une ombre
sans forme et sans vie qui rompoit
çà et là l'uniformité du rouge en-
flammé du foyer, et se dissipoit à la
moindre agitation de la touffe de
bruyères sèches qu'elle faisoit siffler
devant le feu pour le ranimer. Elle
laissoit tomber son fuseau, elle abandonnoit son fil, mais Trilby ne chas-
soit plus devant lui le fuseau roulant
comme pour le dérober à sa maîtresse,
heureux alors de le ramener jusqu'à
elle et de se servir du fil à peine res-

saisi, pour s'élever à la main de Jeannies et y déposer un baiser rapide,
après lequel il étoit si prompt à retomber, à s'enfuir et à disparoître,
qu'elle n'avoit jamais eu le temps de
s'allarmer et de se plaindre. Dieu!
que les temps étoient changés! que
les soirées étoient longues, et que le
cœur de Jeannies étoit triste!

Les nuits de Jeannies avoient perdu
leur charme comme sa vie, et s'at-
tristoient encore de la secrète pensée
que Trilby, mieux accueilli chez les
châtelaines d'Argail, y vivoit paisible
et caressé, sans crainte de leurs fiers
époux. Quelle comparoison humi-

liante pour la chaumière du lac Beau,
ne devoit pas se renouveler pour lui
à tous les momens de ses délicieuses
soirées, sous des cheminées somp-
tueuses où les noires colonnes de
Staffa s'élançoient des marbres d'argent de Firkin, et aboutissoient à des
voûtes resplendissantes de cristaux
de mille couleurs! Il y avoit loin de
ce magnifique appareil à la simplicité
du triste foyer de Dougal. Que cette
comparoison étoit plus pénible encore
pour Jeannies, quand elle se repré-
sentoit ses nobles rivales, assemblées
autour d'un brâsier dont l'ardeur
étoit entretenue par des bois précieux
et odorans qui remplissoient d'un

nuage de parfums le palais favorisé du
lutin ! quand elle détailloit dans sa
pensée les richesses de leur toilette,
les couleurs brillantes de leurs robes
à quadrilles, l'agrément et le choix
de leurs plumes de *ptarmigan* et de
héron, la grâce apprêtée de leurs
cheveux, et qu'elle croyoit saisir dans
l'air les concerts de leurs voix mariées
avec une ravissante harmonie ! « In-
» fortunée Jeannies, disoit-elle, tu
» croyois donc savoir chanter ! et
» quand tu aurois une voix plus douce
» que celle de la jeune fille de la mer
» que les pêcheurs ont quelquefois
» entendue le matin, qu'as-tu fait,
» Jeannies, pour qu'il s'en souvînt?

» Tu chantois comme s'il n'étoit pas
» là, comme si l'écho seul t'avoit écou-
» tée, tandis que toutes ces coquettes
» ne chantent que pour lui ; elles ont
» d'ailleurs tant d'avantages sur toi :
» la fortune, la noblesse, peut-être
» même la beauté ! Tu es brune, Jean-
» nies, parce que ton front découvert
» à la surface resplendissante des eaux
» brave le ciel brûlant de l'été. Re-
» garde tes bras : ils sont souples et
» nerveux, mais ils n'ont ni délica-
» tesse ni fraîcheur. Tes cheveux
» manquent peut-être de grâce,
» quoique noirs, longs, bouclés et
» superbes, lorsque, flottans sur tes
» épaules, tu les abandonne aux fraî-

» ches brises du lac; mais il m'a vue
» si rarement sur le lac, et n'a-t-il
» pas oublié déjà qu'il m'a vue?»

Préoccupée de ces idées, Jeannies
se livroit au sommeil bien plus tard
que d'habitude, et ne goûtoit pas le
sommeil même, sans passer de l'agitation d'une veille inquiète à des inquiétudes nouvelles. Trilby ne se
présentoit plus dans ses rêves sous la
forme fantastique du nain gracieux
du foyer. A cet enfant capricieux avoit
succédé un adolescent aux cheveux
blonds, dont la taille svelte et pleine
d'élégance le disputoit en souplesse
aux joncs élancés des rivages; c'é-

toient les traits fins et doux du follet,
mais développés dans les formes im-
posantes du chef du clan des Macfar-
lanes, quand il gravit le Cobler en
brandissant l'arc redoutable du chas-
seur, ou quand il s'égare dans les
boulingrins d'Argail, en faisant re-
tentir d'espace en espace les cordes
de la harpe écossoise; et tel devoit
être le dernier de ces illustres sei-
gneurs, lorsqu'il disparut tout-à-
coup de son château après avoir subi
l'anathème des saints religieux de
Balva, pour s'être refusé au paiement d'un ancien tribut envers le
monastère. Seulement les regards
de Trilby n'avoient plus l'expres-

sion franche, la confiance ingé-
nue du bonheur. Le sourire d'une
candeur étourdie ne voloit plus sur
ses lèvres. Il considéroit Jeannies
d'un œil attristé, soupiroit amèrement, et ramenoit sur son front les
boucles de ses cheveux, ou l'enve-
loppoit des longs replis de son manteau; puis se perdoit dans les vagues
ombres de la nuit. Le cœur de Jeannies étoit pur, mais elle souffroit de
l'idée qu'elle étoit la seule cause des
malheurs d'une créature charmante
qui ne l'avoit jamais offensée, et dont
elle avoit trop vite redouté la naïve
tendresse. Elle s'imaginoit, dans l'erreur involontaire des songes, qu'elle

crioit au follet de revenir, et que,
pénétré de reconnoissance, il s'élançoit à ses pieds et les couvroit de
baisers et de larmes. Puis en le regardant sous sa nouvelle forme, elle
comprenoit qn'elle ne pouvoit plus
prendre à lui qu'un intérêt coupable,
et déploroit son exil sans oser désirer son retour.

Ainsi se passoient les nuits de Jeannies, depuis le départ du lutin; et
son cœur, aigri par un juste repentir
ou par un penchant involontaire,
toujours repoussé, toujours vain-
queur, ne s'entretenoit que de mor-
nes soucis qui troubloient le repos

de la chaumière. Dougal, lui-même,
étoit devenu inquiet et rêveur. Il y a
des priviléges attachés aux maisons
qu'habitent les follets! Elles sont pré-
servées des accidens de l'orage et des
ravages de l'incendie, car le lutin at-
tentif n'oublie jamais, quand tout le
monde est livré au repos, de faire sa
ronde nocturne autour du domaine
hospitalier qui lui donne un asile
contre le froid des hivers. Il resserre
les chaumes du toît à mesure qu'un
vent obstiné les divise, ou bien il
fait rentrer dans ses gonds ébranlés
une porte agitée par la tempête.
Obligé à nourrir pour lui la chaleur
agréable du foyer, il détourne de

temps en temps la cendre qui s'a-
moncelle ; il ranime d'un souffle léger une étincelle qui s'étend peu à
peu sur un charbon prêt à s'éteindre, et finit par embraser toute sa
noire surface. Il ne lui en faut pas
davantage pour se réchauffer ; mais
il paye généreusement le loyer de ce
bienfait, en veillant à ce qu'une
flamme furtive ne vienne pas à se
développer pendant le sommeil in-
souciant de ses hôtes ; il interroge
du regard tous les recoins du manoir,
toutes les fentes de la cheminée antique ; il retourne le fourrage dans la
crèche, la paille sur la litière ; et sa
sollicitude ne se borne pas aux soins

de l'étable; il protège aussi les habitants pacifiques de la basse-cour et
de la volière, auxquels la Providence
n'a donné que des cris pour se plaindre, et qu'elle a laissés sans armes
pour se défendre. Souvent le chat-
pard, altéré de sang, qui étoit des-
cendu des montagnes en amortissant
sur les mousses discrètes son pas qui
les foule à peine, en contenant son
miaulement de tigre, en voilant ses
yeux ardens qui brillent dans la nuit
comme des lumières errantes ; souvent la marte voyageuse qui tombe
inattendue sur sa proie, qui la saisit
sans la blesser, l'enveloppe comme
une coquette d'embrassemens gra-

cieux, l'enivre de parfums enchan-
teurs et lui imprime sur le cou un
baiser qui donne la mort; souvent le
renard même a été trouvé sans vie à
côté du nid tranquille des oiseaux
nouveaux-nés, tandis qu'une mère
immobile dormoit la tête cachée sous
l'aile, en rêvant à l'heureuse histoire
de sa couvée toute éclose, où il n'a
pas manqué un seul œuf. Enfin, l'ai-
sance de Dougal avoit été fort aug-
mentée par la pêche de ces jolis poissons bleus qui ne se laissoient prendre que dans ses filets; et depuis le
départ de Trilby, les poissons bleus
avaient disparu. Aussi n'arrivoit-il
plus au rivage sans être poursuivi

des reproches de tous les enfans du
clan de Macfarlane, qui lui crioient :
« C'est affreux, méchant Dougal!
» c'est vous qui avez enlevé tous les
» jolis petits poissons du lac Long et
» du lac Beau; nous ne les verrons
» plus sauter à la surface de l'eau, en
» faisant semblant de mordre à nos
» hameçons, ou s'arrêter immobiles,
» comme des fleurs couleur du temps,
» sur les herbes roses de la rade. Nous
» ne les verrons plus nager à côté de
» nous quand nous nous baignons,
» et nous diriger loin des courans dan-
» gereux, en détournant rapidement
» leur longue colonne bleue »; et
Dougal poursuivoit sa route en mur-

murant; il se disoit même quelquefois : « C'est peut-être, en effet, une
» chose bien ridicule que d'être ja-
» loux d'un lutin; mais le vieux moine
» de Balva en sait là-dessus plus que
» moi. »

Dougal enfin ne pouvoit se dissi-
muler le changement qui s'étoit fait
depuis quelque temps dans le caractère de Jeannies, naguère encore si
serein et si enjoué; et jamais il ne
remontoit par la pensée au jour où
il avoit vu sa mélancolie se développer, sans se rappeler au même instant les cérémonies de l'exorcisme et
l'exil de Trilby. A force d'y réfléchir, il

3

se persuada que les inquiétudes qui
l'obsédoient dans son ménage , et la
mauvaise fortune qui s'obstinoit à le
poursuivre à la pêche, pourroient bien
être l'effet d'un sort, et sans communi-
quer cette pensée à Jeannies dans des
termes propres à augmenter l'amertume des soucis auxquels elle paroissoit
livrée, il lui suggéra peu à peu le désir de recourir à une protection puissante contre la mauvaise destinée qui
les persécutoit. C'étoit peu de jours
après que devoit avoir lieu, au monastère de Balva, la fameuse vigile de
Saint-Columbain, dont l'intercession
étoit plus recherchée qu'aucune autre des jeunes femmes du pays, parce

que, victime d'un amour secret et
malheureux, il étoit sans doute plus
propice qu'aucun des autres habitans
du séjour céleste aux peines cachées
du cœur. On en rapportoit des mi-
racles de charité et de tendresse dont
jamais Jeannies n'avoit entendu le
récit sans émotion, et qui depuis
quelque temps se présentoient fré-
quemment à son imagination parmi
les rêves caressans de l'espérance.
Elle se rendit d'autant plus volontiers aux propositions de Dougal,
qu'elle n'avoit jamais visité le plateau
de Calender ; et que, dans cette contrée nouvelle pour ses yeux, elle
croyoit avoir moins de souvenirs à re-

douter qu'auprès du foyer de la chaumière où tout l'entretenoit des grâces
touchantes et de l'innocent amour
de Trilby. Un seul chagrin se mêloit
à l'idée de ce pélerinage; c'est que
l'ancien du monastère, cet inflexible
Ronald dont les exorcismes cruels
avoient banni Trilby pour toujours de
son obscure solitude, descendroit
probablement lui-même de son ermi-
tage des montagnes, pour prendre part
à la solennité anniversaire de la fête
du saint patron; mais Jeannies, qui
craignoit avec trop de raison d'avoir
beaucoup de pensées indiscrètes et
peut-être jusqu'à des sentimens coupables à se reprocher, se résigna

promptement à la mortification ou
au châtiment de sa présence. Qu'al-
loit-elle, d'ailleurs, demander à Dieu,
sinon d'oublier Trilby, ou plutôt la
fausse image qu'elle s'en étoit faite ;
et quelle haine pouvoit-elle conserver
contre ce vieillard, qui n'avoit fait
que remplir ses vœux et que prévenir
sa pénitence ?

« Au reste, » reprit-elle à part soi,
sans se rendre compte de ce retour
involontaire de son esprit, « Ronald
» avoit plus de cent ans à la dernière
» chute des feuilles, et peut-être est-il
» mort. »

Dougal, moins préoccupé, parce qu'il étoit bien plus fixé sur l'objet de son voyage, calculoit ce que devoit lui rapporter à l'avenir la pêche mieux entendue de ces poissons bleus dont il avoit cru ne voir jamais finir l'espèce; et comme s'il avoit pensé que le seul projet d'une pieuse visite au sépulcre du saint Abbé pouvoit avoir ramené ce peuple vagabond dans les eaux basses du golfe, il les sondoit inutilement du regard, en parcourant le petit détour de l'extrémité du lac Long, vers les délicieux rivages de Tarbet, campagnes enchantées dont le voya-

geur même qui les a traversées le
cœur vide de ces illusions de l'amour
qui embellissent tous les pays, n'a
jamais perdu le souvenir. C'étoit un
peu moins d'un an après le rigoureux bannissement du follet. L'hyver n'étoit point commencé, mais
l'été finissoit. Les feuilles, saisies
par le froid matinal, se rouloient
à la pointe des branches inclinées,
et leurs bouquets bizarres, frappés
d'un rouge éclatant, ou jaspés d'un
fauve doré, sembloient orner la tête
des arbres de fleurs plus fraîches ou
de fruits plus brillans que les fleurs et
les fruits qu'ils ont reçus de la nature.
On aurait cru qu'il y avoit des bou-

quets de grenades dans les bouleaux,
et que des grappes mûres pendoient
à la pâle verdure des frênes, surprises de briller entre les fines dé-
coupures de leur feuillage léger. Il
y a dans ces jours de décadence
de l'automne quelque chose d'inexplicable qui ajoute à la solennité de
tous les sentimens. Chaque pas que
fait le temps imprime alors sur les
champs qui se dépouillent, ou au
front des arbres qui jaunissent, un
nouveau signe de caducité plus grave
et plus imposant. On entend sortir
du fond des bois une sorte de ru-
meur menaçante qui se compose du
cri des branches sèches, du frôle-

ment des feuilles qui tombent, de la plainte confuse des bêtes de proie que la prévoyance d'un hiver rigoureux allarme sur leurs petits, de rumeurs, de soupirs, de gémissements, quelquefois semblables à des voix humaines, qui étonnent l'oreille et saisissent le cœur. Le voyageur n'échappe pas même à l'abri des temples aux sensations qui le poursuivent. Les voûtes des vieilles églises rendent les mêmes bruits que les profondeurs des vieilles forêts, quand le pied du passant solitaire interroge les échos sonores de la nef, et que l'air extérieur qui se glisse entre les aires mal joints ou qui

4

agite le plomb des vitreaux rompus,
marie des accords bizarres au sourd
retentissement de sa marche. On
diroit quelquefois le chant grêle
d'une jeune vierge cloîtrée qui répond au mugissement majestueux de
l'orgue; et ces impressions se confondent si naturellement en automne,
que l'instinct même des animaux y
est souvent trompé. On a vu des
loups errer, sans défiance, à travers
les colonnes d'une chapelle abandonnée, comme entre les fûts blan-
chissans des hêtres; une volée d'oiseaux étourdis descend indistincte-
ment sur le faîte des grands arbres,
ou sur le clocher pointu des égli-

ses gothiques. A l'aspect de ce mat
élancé , dont la forme et la matière
sont dérobées à sa forêt natale , le
milan resserre peu à peu les orbes
de son vol circulaire, et s'abat sur
sa pointe aiguë comme sur un pal
d'armoiries. Cette idée auroit pu prémunir Jeannies contre l'erreur d'un
pressentiment douloureux , quand
elle arriva sur les pas de Dougal à
la chapelle de Glenfallach vers laquelle ils s'étoient dirigés d'abord ,
parce que c'est là qu'étoit marqué
le rendez-vous des pélerins. En effet ,
elle avoit vu de loin un corbeau à
aîles démesurées, s'abaisser sur la
flèche antique, et s'y arrêter avec

un cri prolongé qui exprimoit tant
d'inquiétude et de souffrance qu'elle
ne put s'empêcher de le regarder
comme un présage sinistre. Plus timide en s'approchant davantage, elle
égaroit ses yeux autour d'elle avec
un saisissement involontaire, et son
oreille s'effrayoit au foible bruit des
vagues sans vent qui viennent expirer au pied du monastère abandonné.

C'est ainsi que de ruines en ruines,
Dougal et Jeannies parvinrent aux
rives étroites du lac Kattrinn ; car,
dans ce temps reculé, les bateliers
étoient plus rares , et les stations

du pélerin plus multipliées. Enfin,
après trois jours de marche, ils dé-
couvrirent de loin les sapins de
Balva, dont la verdure sombre se
détachoit avec une hardiesse pitto-
resque entre les forêts desséchées ;
ou sur le fond des mousses pâles
de la montagne. Au-dessus de son
revers aride, et comme penchées à
la pointe d'un roc perpendiculaire
d'où elles sembloient se précipiter
vers l'abîme, on voyoit noircir les
vieilles tours du monastère, et se
développer, au loin, les aîles des
bâtimens à demi écroulés. Aucune
main humaine n'avoit été employée
à y réparer les ravages du temps

depuis que les saints avoient fondé
cet édifice , et une tradition uni-
versellement répandue dans le peuple attestoit que lorsque ses restes
solennels acheveroient de joncher la
terre de leurs débris , l'ennemi de
Dieu triompheroit pour plusieurs
siècles en Ecosse , et y obscurciroit
de ténèbres impies les pures splen-
deurs de la foi. Aussi, c'étoit un
sujet de joie toujours nouveau pour
la multitude chrétienne que de le
voir encore imposant dans son aspect,
et offrant encore pour l'avenir quelques promesses de durée. Alors
des cris de joie , des clameurs d'en-
thousiasme, de doux murmures d'es-

poir et de reconnoissance, venoient
se confondre dans la prière commune.
C'est là, c'est dans ce moment de
pieuse et profonde émotion qu'ex-
cite l'attente ou la vue d'un miracle,
que tous les pélerins à genoux ré-
capituloient pendant quelques minutes d'adoration les principaux objets de leur voyage : la femme et les
filles de Coll Cameron, un des plus
proches voisins de Dougal, de nouvelles parures qui éclipseroient dans
les fêtes prochaines la beauté simple de Jeannies ; Dougal, un coup
de filet miraculeux qui l'enrichiroit
de quelque trésor, contenu dans une
boîte précieuse que sa bonne fortune

auroit amenée intacte à l'extrémité
du lac ; et Jeannies, le besoin d'oublier Trilby, et de ne plus y rêver ;
prière que son cœur ne pouvoit cependant avouer toute entière, et
qu'elle se réservoit de méditer encore
au pied des autels, avant de la confier sans réserve à la pensée attentive
du saint protecteur.

Les pélerins arrivèrent enfin au
parvis de la vieille église, où un des
plus anciens hermites de la contrée
étoit ordinairement chargé d'attendre
leurs offrandes, et de leur présenter
des rafraichissemens et un azile pour
la nuit. De loin, la blancheur éblouis-

sante du front de l'anachorète, l'élévation de sa taille majestueuse qui
n'avoit pas fléchi sous le poids des
ans, la gravité de son attitude immobile et presque menaçante, avoient
frappé Jeannies d'une réminiscence
mêlée de respect et de terreur. Cet
hermite, c'étoit le sévère Ronald, le
moine centenaire de Balva. « J'étois
préparé à vous voir, dit-il à Jeannies
avec une intention si pénétrante, que
l'infortunée n'auroit pas éprouvé plus
de trouble en s'entendant publique-
ment accuser d'un péché. » Et vous
» aussi, bon Dougal, continua-t-il en
le bénissant. « Vous venez chercher
» avec raison les grâces du ciel dans

» la maison du ciel, et nous deman-
» der contre les ennemis secrets qui
» vous tourmentent les secours d'une
» protection que les péchés du peu-
» plé ont fatiguée, et qui ne peut plus
» se racheter que par de grands sacri-
» fices. »

Pendant qu'il parloit de la sorte,
il les avoient introduits dans la longue
salle du réfectoire; le reste des pélerins se reposoient sur les pierres du
vestibule, ou se distribuoient, chacun suivant sa dévotion particulière,
dans les nombreuses chapelles de l'é-
glise souterraine. Ronald se signa et
s'assit, Dougal l'imita, Jeannies, obsé-

dée d'une inquiétude invincible, es-
sayoit de tromper l'attention obstinée
du saint prêtre en laissant errer la
sienne sur les nouveaux objets de
curiosité qui s'offroient à ses regards
dans ce séjour inconnu. Elle observoit avec une curiosité vague le ccin-
tre immense des voûtes antiques, la
majestueuse élévation des pilastres,
le travail bizarre et recherché des
ornemens, et la multitude de portraits poudreux qui se suivoient
dans des cadres délabrés sur les
innombrables panneaux des boise-
ries. C'étoit la première fois que
Jeannies entroit dans une galerie de
peinture, et que ses yeux étoient sur-

pris par cette imitation presque vi-
vante de la figure de l'homme, ani-
mée au gré de l'artiste de toutes les
passions de la vie. Elle contemploit
émerveillée cette succession de héros
écossois, différents d'expression et de
caractère, et dont la prunelle mobile
toujours fixée sur ses mouvemens,
sembloit la poursuivre de tableaux en
tableaux, les uns avec l'émotion d'un
intérêt impuissant et d'un attendrisse-
ment inutile; les autres avec la sombre
rigueur de la menace et le regard fou-
droyant de la malédiction. L'un d'eux
dont le pinceau d'un artiste plus
hardi avoit pour ainsi dire devancé
la résurrection, et qu'une combinai-

son, peu connue alors d'effets et de couleurs, paroissoit avoir jeté hors de la toile, effraya tellement Jeannies de l'idée de le voir se précipiter de sa bordure d'or et traverser la galerie comme un spectre, qu'elle se réfugia en tremblant vers Dougal, et tomba interdite sur la banquette que Ronald lui avoit préparée.

« Celui-là, dit Ronald qui n'avoit pas cessé de converser avec Dougal, » est le pieux Magnus Mac-Farlane, » le plus généreux de nos bienfaiteurs, » et celui de tous qui a le plus de part » à nos prières, Indigné du manque » de foi de ses descendants dont la

» déloyauté a prolongé pour bien des
» siècles encore les épreuves de son
» âme, il poursuit, dit-on, leurs parti-
» sants et leurs complices jusques dans
» ce portrait miraculeux. J'ai entendu
» assurer que jamais les amis des der-
» niers Mac-Farlane n'étoient entrés
» dans cette enceinte sans voir le pieux
» Magnus s'arracher de la toile où le
» peintre avoit cru le fixer, pour ven-
» ger sur eux le crime et l'indignité
» de sa race. Les places vides qui sui-
» vent celle-ci, continua-t-il, indi-
» quent celles qui étoient réservées
» aux portraits de nos oppresseurs,
» et dont ils ont été repoussés comme
» du ciel. »

« Cependant, dit Jeannies, la der-
» nière de ces places paroît occupée...
» Voilà un portrait au fond de cette
» galerie, et si ce n'étoit le voile qui
» le couvre..... »

« Je vous disois, Dougal, reprit le
moine, sans prêter d'attention à l'ob-
servation de Jeannies, que ce der-
» nier portrait est celui de Magnus
» Mac-Farlane, et que tous ses des-
» cendans sont dévoués à la malédic-
» tion éternelle. »

« Cependant, dit Jeannies, voilà
» un portrait au fond de cette galerie,
» un portrait voilé, qui ne seroit pas
» admis dans ce lieu saint, si la per-

» sonne qui doit y être représentée
» étoit aussi chargée d'une éternelle
» malédiction. N'appartiendroit-il pas
» par hasard à la famille des Mac-Far-
» lane comme la disposition du reste
» de cette galerie semble l'annoncer,
» et comment un Mac-Farlane?... »

« La vengeance de Dieu a ses bor-
» nes et ses conditions, interrompit
Ronald ; et il faut que ce jeune
» homme ait eu des amis parmi les
» saints... »

« Il étoit jeune, s'écria Jeannies !...

« Eh bien , dit durement Dougal,
» qu'importe l'âge d'un damné?... »

« Les damnés n'ont point d'amis
» dans le ciel, repondit vivement Jeannies en se précipitant vers le tableau.»
Dougal la retint. Elle s'assit. Les
pélerins pénétroient lentement dans
la salle, et resserroient peu-à-peu
leur cercle immense autour du siége
du vénérable vieillard qui avoit re-
pris avec eux son discours où il l'a-
voit laissé. « Vrai, vrai, répétoit-il,
» les mains appuyées sur son front
» renversé! de terribles sacrifices!
» nous ne pouvons appeler la protec-
» tion du Seigneur par notre inter-
» cession que sur les âmes qui la de-
» mandent sincèrement et comme
» nous, sans mélange de ménagements

4*

» et de foiblesse. Ce n'est pas tout que
» de craindre l'obsession d'un démon,
» et que de prier le ciel de nous en
» délivrer. Il faut encore le maudire!
» Savez-vous que la charité peut être
» un grand péché? »

«Est-il possible, répondit Dougal?»
— Jeannies se retourna du côté de
Ronald et le regarda d'un air plus
assuré qu'auparavant.

« Infortunés que nous sommes,
» reprit Ronald, comment résiste-
» rions-nous à l'ennemi acharné à no-
» tre perte si nous n'usions pas con-
» tre lui de toutes les ressources que

» la religion nous a réservées, de tout
» le pouvoir qu'elle a mis entre nos
» mains ? A quoi nous serviroit de
» prier toujours pour ceux qui nous
» persécutent, s'ils ne cessent de re-
» nouveler contre nous leurs manœu-
» vres et leurs maléfices! La haire sa-
» crée et le cilice rigoureux des saintes
» épreuves ne nous défendent pas eux-
» mêmes contre les prestiges du mau-
» vais esprit ; nous souffrons comme
» vous, mes enfans, et nous jugeons
» de la rigueur de vos combats par
» ceux que nous avons livrés. Croyez-
» vous que nos pauvres moines aient
» parcouru une si longue carrière sur
» cette terre si riche en plaisirs, dans

» une vie si recherchée pour eux en

» austérités et en misères, sans lutter

» quelque fois contre le goût des vo-

» luptés et le désir de ce bien tempo-

» rel que vous appelez le bonheur ?

» O que de rêves délicieux ont assailli

» notre jeunesse ! que d'ambitions

» criminelles ont tourmenté notre âge

» mûr ! que de regrets amers ont hâté

» la blancheur de nos cheveux, et de

» combien de remords nous arrive-

» rions chargés sous les yeux de notre

» maître, si nous avions hésité à nous

» armer de malédictions et de ven-

» geances contre l'esprit du péché !.. »

A ces mots, le vieux Ronald fit un

signe, la foule s'aligna sur le banc
étroit qui couroit comme une mou-
lure sur toute la longueur des murailles, et il continua.

«Mesurez la grandeur de nos afflic-
» tions, dit Ronald, par la profon-
» deur de la solitude qui nous envi-
» ronne, par l'immense abandon au-
» quel nous sommes condamnés! Les
» plus cruelles rigueurs de votre des-
» tinée ne sont du moins pas sans
» consolation et même sans plaisir.
» Vous avez tous une âme qui vous
» cherche, une pensée qui vous com-
» prend, un autre *vous* qui est asso-
» cié de souvenir ou d'intérêt ou

» d'espérance, à votre passé, à votre
» présent ou à votre avenir. Il n'y a
» point de but interdit à votre pensée,
» point d'espace fermé à vos pas,
» point de créature refusée à votre
» affection; tandis que toute la vie du
» moine, toute l'histoire de l'ermite
» sur la terre, s'écoule entre le seuil
» solitaire de l'église, et le seuil soli-
» taire des catacombes. Il n'est ques-
» tion dans le long développement de
» nos années invariablement sembla-
» bles entr'elles, que de changer de
» tombeau, et de marcher du chœur
» des prêtres à celui des saints. Ne
» croiriez-vous pas devoir quelque
» retour à un dévouement si pénible

» et si persévérant pour votre salut?

» Eh bien, mes frères, apprenez à

» quel point le zèle qui nous attache

» à vos intérêts spirituels aggrave de

» jour en jour l'austérité de notre pé-

» nitence! — Apprenez que ce n'étoit

» pas assez pour nous d'être soumis

» comme le reste des hommes à ces

» démons du cœur, dont aucun des

» malheureux enfans d'Adam n'a pu

» défier les atteintes ! Il n'y a pas jus-

» qu'aux esprits les plus disgraciés,

» jusqu'aux lutins les plus obscurs

» qui ne se fassent un malin plaisir de

» troubler les rapides instans de notre

» repos et le calme si long-temps in-

» violable de nos cellules. Certains de

» ces follets désœuvrés surtout dont
» nous avons avec tant de peines et au
» prix de tant de prières, débarrassé
» vos habitations, se vengent cruelle-
» ment sur nous du pouvoir qu'un
» exorcisme indiscret nous a fait per-
» dre. En les bannissant de la demeure
» secrète qu'ils avoient usurpée dans
» vos métairies, nous avons omis de
» leur indiquer un lieu d'exil déter-
» miné, et les maisons dont nous les
» avons repoussés sont elles seules à
» l'abri de leurs insultes. Croiriez-
» vous que les lieux consacrés eux-
» mêmes n'ont plus rien de respecta-
» ble pour eux, et que leur cohorte
» infernale n'attend au moment où je

» vous parle que le retour des ténè-
» bres pour se répandre en épais tour-
» billons sous les lambris du cloître? »

» L'autre jour, à l'instant où le cer-
» cueil d'un de nos frères alloit tou-
» cher le sol du caveau mortuaire,
» la corde se rompt tout-à-coup en
» sifflant comme avec un rire aigu,
» et la chasse roule, grondant, de
» degrés en degrés sous les voûtes.
» Les voix qui en sortoient ressem-
» bloient à la voix des morts, indignés
» qu'on ait troublé leur sépulture,
» qui gémissent, qui se révoltent,
» qui crient. Les assistants les plus

5

» rapprochés du caveau, ceux qui
» commençoient à plonger leurs re-
» gards dans sa profondeur, ont cru
» voir les tombes se soulever et flotter
» les linceuils, et les squelettes agi-
» tés par l'artifice des lutins, jaillir
» avec eux des soupiraux, s'égarer
» sous les nefs, se groupper confu-
» sément dans les stalles ou se mê-
» ler comme des figures bouffonnes
» dans les ombres du sanctuaire. Au
» même moment, toutes les lumières
» de l'église... — Ecoutez!... »

On se pressoit pour écouter Ronald. Jeannies seule, les doigts pas-

sés dans une boucle de ses cheveux,
l'âme fixée à une pensée, écoutoit
et n'entendoit plus.

» Ecoutez, mes frères, et dites quel
» péché secret, quelle trahison, quel
» assassinat, quel adultère d'action
» ou de pensée, a pu attirer cette
» calamité sur nous. Toutes les lu-
» mières du temple avoient disparu.
» Les torches des acolytes, dit Ronald, lançoient à peine quelques
» flammêches fugitives qui s'éloi-
» gnoient, se rapprochoient, dan-
» soient en rayons bleus et grêles,
» comme les feux magiques des sor-
» cières, et puis montoient, mon-

» toient, et se perdoient dans les re-
» coins noirs des vestibules et des
» chapelles. Enfin la lampe immor-
» telle du Saint des Saints... — Je la
» vis s'agiter, s'obscurcir, et mourir.
» — Mourir ! La nuit profonde, la
» nuit toute entière, dans l'église,
» dans le chœur, dans le tabernacle!
» la nuit descendue pour la première
» fois sur le sacrement du Seigneur !
» La nuit si humide, si obscure, si
» redoutable partout; effrayante, hor-
» rible sous le dôme de nos basiliques
» où est promis le jour éternel !... —
» Nos moines éperdus s'égaroient
» dans l'immensité du temple, agran-
» di encore par la profondeur de la

» nuit ; et trahis par les murailles qui
» leur refusoient de tous côtés l'issue
» étroite et oubliée, trompés par la
» confusion de leurs voix plaintives
» qui se heurtoient dans les échos,
» et qui rapportoient à leurs oreilles
» des bruits de menace et de terreur,
» ils fuyoient épouvantés ; prêtant
» des clameurs et des gémissemens
» aux tristes images du tombeau qu'ils
» croyoient entendre pleurer sur leur
» lit de pierre. L'un d'eux sentit la
» main glacée de Saint-Duncan, qui
» s'ouvroit, s'épanouissoit, se fermoit
» sur la sienne, et le lioit à son mo-
» nument d'une étreinte éternelle. Il
» y fut retrouvé mort le lendemain.

» Le plus jeune de nos frères (il étoit
» arrivé depuis peu de temps, et nous
» ne connoissions encore ni son nom
» ni sa famille) saisit avec tant d'ar-
» deur la statue d'une jeune sainte
» dont il espérait le secours, qu'il
» l'entraîna sur lui, et qu'elle l'é-
» crasa de sa chûte. C'étoit celle, vous
» le savez, qu'un habile sculpteur du
» pays avoit ciselé nouvellement, à la
» ressemblance de cette vierge du
Lothian qui est morte de douleur,
» parce qu'on l'avoit séparée de son
» fiancé. Tant de malheurs, continua Ronald en cherchant à fixer le
regard immobile de Jeannies, sont
» peut-être l'effet d'une pitié indis-

» crette, d'une intercession involon-
» tairement criminelle; d'un péché,
» d'un seul péché d'intention.

» D'un seul péché d'intention, s'é-
cria Clady, la plus jeune des filles
de Coll Cameron !... »

» D'un seul, reprit Ronald avec
impatience ! » Jeannies tranquille et
inattentive n'avoit pas même sou-
piré. Le mystère incompréhensible
du portrait voilé préoccupoit toute
son âme.

» Enfin, dit Ronald en se levant,
et en donnant à ses paroles une ex-

pression solennelle d'exaltation et d'autorité, nous avons marqué ce »jour pour frapper d'une impré- »cation irrévocable, les mauvais es- »prits de l'Ecosse. »

»Irrévocable, murmura une voix gémissante qui s'éloignoit peu-à-peu ! — »

»Irrévocable, si elle est libre et »universelle. Quand le cri de malé- »diction s'élevera devant l'autel, si »toutes les voix le répétent.... —»

»Si toutes les voix répétent un cri »de malédiction devant l'autel, re-

prit la voix ! » Jeannies gagna l'extrémité de la galerie. —

» Alors tout sera fini, et les démons
» retomberont pour jamais dans l'a-
» byme. — »

» Que cela soit fait ainsi, dit le
peuple ! » Et il suivit en foule le redoutable ennemi des lutins. Les autres moines, ou plus timides, ou
moins sévères, s'étoient dérobés à
l'appareil redoutable de cette cruelle
cérémonie ; car nous avons déjà dit
que les follets de l'Ecosse, dont la
damnation éternelle n'étoit pas un
point avéré de la croyance populaire,

inspiroient plus d'inquiétude que de haine, et un bruit assez probable s'étoit répandu que certains d'entre eux bravoient les rigueurs de l'exorcisme et les menaces de l'anathème, dans la cellule d'un solitaire charitable ou dans la niche d'un apôtre. Quant aux pêcheurs et aux bergers, ils n'avoient qu'à se louer pour la plupart de ces intelligences familières, tout-à-coup si impitoyablement condamnées; mais, peu sensibles au souvenir des services passés, ils s'associoient volontiers à la colère de Ronald, et n'hésitoient pas à proscrire cet ennemi inconnu qui ne s'étoit manifesté que par des bienfaits.

L'histoire de l'exil du pauvre Trilby
étoit d'ailleurs parvenue aux voisins
de Dougal, et les filles de Coll Cameron se disoient souvent dans leurs
veillées que c'étoit probablement à
quelqu'un de ses prestiges que Jeannies avoit été redevable de ses succès
dans les fêtes du clan, et Dougal de
ses avantages à la pêche sur leurs
amants et sur leur père. Maineh
Cameron n'avait-elle pas vu Trilby
lui-même assis à la proue du bateau,
jeter à pleines mains, dans les nas-
ses vides du pêcheur endormi, des
milliers de poissons bleus, le réveiller en frappant la barque du pied,
et rouler, de vague en vague, jus-

qu'au rivage dans une écume d'argent?.. «Malédiction, cria Maineh!..» » Malédiction, dit Feny !...» Ah! Jean- » nies seule a pour vous le charme de » la beauté, pensa Clady ! c'est pour » elle que vous m'avez quittée, fan- » tôme de mon sommeil que je n'ai » que trop aimé, et si la malédiction » prononcée contre vous ne s'accom- » plit pas, libre encore de choisir entre » toutes les chaumières de l'Ecosse, » vous vous fixerez toujours à la chau- » mière de Jeannies! Non vraiment! »

«Malédiction, répéta Ronald avec une voix terrible! » — Ce mot cou- toit à prononcer à Clady, mais Jean-

nies entra si belle d'émotion et d'a-
mour; qu'elle n'hésita plus. « Malé-
» diction, dit Clady !... »

Jeannies seule n'avoit pas été présente à la cérémonie, mais la rapidité de tant d'impressions vives et
profondes avoit d'abord empêché
qu'on remarquât son absence. Clady
s'en étoit cependant apperçue, parce
qu'elle ne croyoit pas avoir en beauté
d'autre rivale digne d'elle. Nous nous
rappelons qu'un vif intérêt de curiosité entraînoit Jeannies vers l'extrémité de la galerie des tableaux au
moment où le vieux moine disposoit
l'esprit de ses auditeurs à remplir le

devoir cruel qu'il imposoit à leur
piété. A peine la foule se fût écoulée
hors de la salle, que Jeannies fré-
missante d'impatience, et peut-être
aussi, préoccupée malgré elle d'un
autre sentiment, s'élança vers le tableau voilé, arracha le rideau qui le
couvroit, et reconnut d'un regard
tous les traits qu'elle avoit rêvés. —
C'étoit lui. — C'étoit la physionomie
connue, les vêtemens, les armes, l'é-
cusson, le nom même des Mac-Farlane. Le peintre gothique avait tracé
au-dessous du portrait selon l'usage
de son temps le nom de l'homme qui
y étoit représenté :

JOHN TRILBY MAC-FARLANE,

« Trilby, s'écrie Jeannies éperdue!»
et prompte comme l'éclair, elle par-
court les galeries, les salles, les degrés, les passages, les vestibules, et
tombe au pied de l'autel de Saint-
Colombain, au moment où Clady,
tremblante de l'effort qu'elle venoit
de faire sur elle-même, achevoit de
proférer le cri de malédiction. «Cha-
» rité, cria Jeannies en embrassant le
le saint tombeau. » AMOUR ET CHARITÉ,
répéta-t-elle à voix basse. » Et si Jeannies avoit manqué du courage de la
charité, l'image de Saint-Colombain
auroit suffi pour le ranimer dans
son cœur. Il faut avoir vu l'effigie
sacrée du protecteur du monastère,

pour se faire une idée de l'expression
divine dont les anges ont animé la
toile miraculeuse, car tout le monde
sait que cette peinture n'a pas été
tracée d'une main d'homme, et que
c'étoit un esprit qui descendoit du
ciel pendant le sommeil involontaire
de l'artiste pour embellir du sentiment d'une piété si tendre et d'une
charité que la terre ne connoit pas ,
les traits angéliques du bienheureux.
Parmi tous les élus du Seigneur, il n'y
avoit que Saint-Colombain dont le regard fût triste et dont le sourire fût
amer, soit qu'il eût laissé sur la terre
quelque objet d'une affection si
chère que les joies ineffables promises

à une éternité de gloire et de bonheur,
n'aient pas pû la lui faire oublier, soit
que trop sensible aux peines de l'hu-
manité, il n'ait conçu dans son nouvel
état que l'indicible douleur de voir les
infortunés qui lui survivent exposés à
tant de périls et livrés à tant d'angoisses qu'il ne peut ni prévenir ni
soulager. Telle doit être en effet la
seule affliction des saints, à moins
que les événemens de leur vie ne les
aient liés par hasard à la destinée
d'une créature qui s'est perdue et
qu'ils ne retrouveront plus. Les
éclairs d'un feu doux qui s'échap-
poient des yeux de Saint-Colombain,
la bienveillance universelle qui res-

5*

piroit sur ses lèvres palpitantes de
vie, les émanations d'amour et de
charité qui descendoient de lui, et
qui disposoient le cœur à une reli-
gieuse tendresse, affermirent la résolution déjà formée de Jeannies; elle
répéta dans sa pensée avec plus de
force : AMOUR ET CHARITÉ. — « De quel
» droit, dit-elle, irois-je prononcer
» un arrêt de malédiction? ah! ce
» n'est pas du droit d'une foible fem-
» me, et ce n'est pas à nous que le
» Seigneur a confié le soin de ses ter-
» ribles vengeances. Peut-être même
» il ne se venge pas! et s'il a des enne-
» mis à punir, lui qui n'a point d'en-
» nemis à craindre, ce n'est pas aux

» passions aveugles de ses plus dé-
» biles créatures qu'il a dû remettre
» le ministère le plus terrible de sa
» justice. Comment celle dont il doit
» un jour juger toutes les pensées !...
» comment irois-je implorer sa pitié
» pour mes fautes , quand elles lui
» seront dévoilées par un témoignage,
» hélas , que je ne pourrai pas contre-
» dire ; si pour des fautes qui me sont
» inconnues... si pour des fautes qui
» n'ont peut-être pas été commises,
» je profère ce cri terrible de malé-
» diction qu'on me demande, contre
» quelque infortuné qui n'est déjà
» sans doute que trop sévèrement
» puni ? » Ici Jeannies s'effraya de sa

propre supposition, et ses regards ne se relevèrent qu'avec effroi vers le regard de Saint-Colombain, mais rassurée par la pureté de ses sentiments, car l'intérêt invincible qu'elle prenoit à Trilby ne lui avoit jamais fait oublier qu'elle étoit l'épouse de Dougal, elle chercha, elle fixa des yeux et de la pensée, la pensée incertaine du saint des montagnes. Un foible rayon du soleil couchant brisé à travers les vitraux, et qui descendoit sur l'autel chargé des couleurs tendres et brillantes du pinceau animées par le crépuscule, prêtoit au bienheureux une auréole plus vive, un sourire plus calme, une sérénité plus

reposée, une joie plus heureuse.
Jeannies pensa que Saint-Colombain
étoit content, et pénétrée de reconnoissance, elle pressa de ses lèvres
les pavés de la chapelle et les degrés
du tombeau, en répétant des vœux de
charité. Il est possible même qu'elle
se soit occupée alors d'une prière qui
ne pouvoit pas être exaucée sur la
terre. Qui pénétrera jamais dans tous
les secrets d'une âme tendre, et qui
pourroit apprécier le dévouement
d'une femme qui aime?

Le vieux moine qui observoit at-
tentivement Jeannies, et qui, satis-
fait de son émotion, ne doutoit

pas qu'elle n'eût répondu à son espérance, la releva du saint parvis et la
rendit aux soins de Dougal qui se
disposoit à partir, déjà riche en imagination de tous les biens qu'il fon-
doit sur le succès de son pélerinage,
et sur la protection des saints de Balva. « Malgré cela, dit-il à Jeannies en
appercevant la chaumière, je ne puis
» pas cacher que cette malédiction
» m'a coûté, et que j'aurai besoin de
» m'en distraire à la pêche. » Quant à
Jeannies, c'en étoit fait pour elle.
Rien ne pouvoit plus la distraire de
ses souvenirs.

Le lendemain d'un jour où la bate-

lière avoit conduit jusque vers le golfe
de Clyde la famille du laird de Rose-
neiss, elle retournoit vers l'extrémité
du lac Long à la merci de la marée
qui faisoit siller son bateau à une
égale distance des syrtes d'Argail et
de Lennox, sans qu'elle eût besoin
de recourir au jeu fatiguant de ses
rames ; debout sur la barge étroite
et mobile, elle livroit aux vents ces
longs cheveux noirs dont elle étoit si
fière, et son cou d'une blancheur
que le soleil avoit foiblement nuancée
sans la flétrir, s'élevoit avec un éclat
singulier au-dessus de sa robe rouge
des manufactures d'Ayr. Son pied nud
imposé sur un des côtés du frêle

bâtiment, lui imprimoit à peine un balancement léger qui repoussoit et rappeloit la vague agitée, et l'onde excitée par cette résistance presque insensible, revenoit bouillonnante, s'élevoit en blanchissant jusqu'au pied de Jeannies, et rouloit autour de lui son écume fugitive. La saison étoit encore rigoureuse, mais la température s'étoit sensiblement adoucie depuis quelque temps, et la journée paroissoit à Jeannies une des plus belles dont elle eût conservé le souvenir. Les vapeurs qui s'élèvent ordinairement sur le lac et s'étendent au-devant des montagnes sous la forme d'un rideau de crêpe, avoient peu à peu élargir les losanges flottantes de leurs réseaux de brouillards. Celles que le soleil n'avoit pas encore tout-à-fait dissipées se berçoient sur l'occident comme une trame d'or tissue par les fées du lac, pour l'ornement de leurs fêtes. D'autres étinceloient de points isolés, mobiles, éblouissants comme des paillettes semées sur un fond tranparent de couleurs merveilleuses. C'étoient de petits nuages humides où l'oranger, le jonquille, le verd pâle, luttoient suivant les accidents d'un rayon ou le caprice de l'air contre l'azur, le pourpre et le violet. A l'évanouissement d'une brume errante, à la disparition d'une côte

6

abandonnée par le courant, et dont
l'abaissement subit laissoit un libre
passage à quelque vent de travers,
tout se confondoit dans une nuance
indéfinissable et sans nom qui éton-
noit l'esprit d'une sensation si nouvelle qu'on auroit pu s'imaginer qu'on
venoit d'acquérir un sens ; et pendant ce temps là, les décorations va-
riées du rivage se succédoient sous
les yeux de la voyageuse. Il y avoit
des coupoles immenses qui couroient
au devant d'elle en brisant sur leurs
flancs circulaires tous les traits du
soleil couchant, les unes éclatantes
comme le cristal, les autres d'un gris
mat et presque effacé comme le fer,

les plus éloignées à l'ouest cernées à leur sommet d'auréoles d'un rose vif qui descendoient en pâlissant peu-à-peu sur les flancs glacés de la montagne, et venoient expirer à sa bâse dans des ténèbres foiblement colorées qui participoient à peine du crépuscule. Il y avoit des caps d'un noir sombre qu'on auroit pris de loin pour des écueils inévitables, mais qui reculoient tout-à-coup devant la proue et découvroient de larges baies favorables aux nautonniers. L'écueil redouté fuyoit, et tout s'embellissoit après lui de la sécurité d'une heureuse navigation. Jeannies avoit vu de loin les barques errantes des pê-

cheurs renommés du lac Goyle. Elle
avoit jeté un regard sur les fabriques
fragiles de Portincaple. Elle contemploit encore avec une émotion qui se
renouveloit tous les jours sans s'affoi-
blir cette foule de sommets qui se
poursuivent, qui se pressent, qui se
confondent, ou ne se détachent les
uns des autres que par des effets
inattendus de lumière, surtout dans
la saison où disparoissent sous le voile
monotone des neiges et la soie argentée des sphaignes et la marbrure
foncée des granits, et les écailles na-
crées des rescifs. Elle avoit cru reconnoître à sa gauche, tant le ciel
étoit transparent et pur, les dômes du

Ben-More et du Ben-Neathan; à sa droi-
te , la pointe âpre du Ben-Lomond se
distinguoit par quelques saillies obs-
cures que la neige n'avoit pas couver-
tes , et qui hérissoient de crêtes fon-
cées la tête chauve du roi des montagnes. Le dernier plan de ce tableau rappeloit à Jeannies une tradition fort répandue dans ce pays, et que son esprit
plus disposé que jamais aux émotions
vives et aux idées merveilleuses se retraçoit alors sous un aspect nouveau.
A la pointe même du lac, monte vers le
ciel la masse énorme du Ben-Arthur,
surmontée de deux noirs rochers de
basalte dont l'un paroit penché sur
l'autre comme l'ouvrier sur le socle

où il a déposé les matériaux de son travail journalier. Ces pierres colossales furent apportées des cavernes de la montagne sur laquelle régnoit Arthur le géant, quand des hommes audacieux vinrent élever aux bords du Forth les murailles d'Edimbourg. Arthur banni de ses hautes solitudes par la science d'un peuple téméraire, fit un pas jusqu'à l'extrémité du lac Long, et imposa sur la plus haute montagne qui s'offrit devant lui les ruines de son palais sauvage. Assis sur un de ses rochers et la tête appuyée sur l'autre, il tournoit des regards furieux sur les remparts impies qui usurpoient ses domaines, et qui

le séparoient pour toujours du bonheur et même de l'espérance, car on
dit qu'il avoit aimé sans succès la
reine mystérieuse de ces rivages, une
de ces fées que les anciens appeloient
des nymphes, et qui habitent des
grottes enchantées où l'on marche sur
des tapis de fleurs marines, à la clarté
des perles et des escarboucles de l'O-
céan. Malheur au bateau aventureux
qui effleuroit en courant la surface
du lac immobile, quand la longue
figure du géant, vague comme une
vapeur du soir, s'élevoit tout-à-coup
entre les deux rochers de la montagne, appuyoit ses pieds difformes sur
leurs sommets inégaux, et se balan-

çoit au gré des vents en étendant sur
l'horizon des bras ténébreux et flottans
qui finissoient par l'embrasser d'une
large ceinture. A peine son manteau
de nuages avoit mouillé ses derniers
plis dans le lac, un éclair jaillissoit
des yeux redoutables du fantôme,
un mugissement pareil à la foudre
grondoit dans sa voix terrible, et les
eaux bondissantes alloient ravager
leurs bords. Son apparition redoutée
des pêcheurs avoit rendu déserte la
rade si riche et si gracieuse d'Arro-
qhar, quand un pauvre hermite dont
le nom s'est perdu, arriva un jour
des mers orageuses d'Irlande, seul,
mais invisiblement escorté d'un es-

prit de foi et d'un esprit de charité,
sur une barque poussée par une puissance irrésistible, et qui sillonnoit
les vagues soulevées sans prendre
part à leur agitation, quoique le
saint prêtre eut dédaigné le secours
de la rame et du gouvernail. A genoux sur le frêle esquif, il tenoit dans
ses mains une croix et regardoit le
ciel. Parvenu près du terme de sa
navigation, il se leva avec dignité,
laissa tomber quelques gouttes d'eau
consacrée sur les vagues furieuses, et
adressa au géant du lac des paroles ti-
rées d'une langue inconnue. On croit
qu'il lui ordonnoit, au nom des premiers compagnons du Sauveur, qui

étoient des pêcheurs et des bateliers,
de rendre aux pêcheurs et aux bateliers du lac Long l'empire paisible
des eaux que la Providence leur avoit
données. Au même instant du moins,
le spectre menaçant se dissipa en flo-
cons légers comme ceux que le souffle du matin roule sur l'onde invisi-
ble, et qu'on prendroit de loin pour
un nuage d'édredon enlevé au nid
des grands oiseaux qui habitent ses
rivages. Le golphe entier applanit sa
vaste surface; les flots mêmes qui
s'élevoient en blanchissant contre la
plage ne redescendirent point; ils per-
dirent leur fluidité sans perdre leur
forme et leur aspect, et l'œil encore

trompé aux contours arrondis, aux mouvemens onduleux, au ton bleuâtre et frappé de reflets changeans des brisans écailleux qui hérissent la côte, les prend de loin pour des bancs d'écume dont il attend toujours le retour impossible. Puis, le saint vieillard tira sa barque sur la grêve, dans l'espérance peut-être qu'elle y seroit retrouvée par le pauvre montagnard, pressa de ses bras enlacés le crucifix sur sa poitrine, et gravit d'un pas ferme le sentier du rocher jusqu'à la cellule que les anges lui avoient bâtie à côté de l'aire inaccessible de l'aigle blanc. Plusieurs anachorêtes le suivirent dans ces solitu-

dès, et se répandirent lentement en
pieuses colonies dans les campagnes
voisines. Telle fut l'origine du monastère de Balva, et sans doute celle
du tribut que s'étoit long-temps imposé envers les religieux de ce couvent
la reconnoissance trop vite oubliée
des chefs du clan des Mac-Farlane.
Il est facile de comprendre par quelle
liaison secrette l'histoire de cet exorcisme ancien et de ses conséquences
bien connues du peuple se rattachoit
aux idées habituelles de Jeannies.

Cependant, les ombres d'une nuit
si précoce dans une saison où tout
le règne du jour s'accomplit en quel-

ques heures, commençoient à re-
monter du lac, à gravir les hauteurs
qui l'enveloppent, à voiler les sommets les plus élevés. La lassitude, le
froid, l'exercice d'une longue contemplation ou d'une réflexion sérieuse, avoient abattu les forces de
Jeannies, et assise dans un épuise-
ment inexplicable à la poupe de son
bâteau, elle le laissoit dériver du côté
des boulingrins d'Argail vers la maison de Dougal, en dormant à demi,
quand une voix partie de la rive op-
posée lui annonça un voyageur. La
pitié seule qu'inspire un homme
égaré sur une côte où n'habitent pas
sa femme et ses enfans, et qui va

leur laisser compter beaucoup d'heures d'attente et d'angoisses, dans l'espérance toujours déçue de son retour, si l'oreille du batelier se ferme
par hasard à sa prière ; cet intérêt
que les femmes surtout portent à
un proscrit, à un infirme, à un enfant abandonné, pouvoit seul forcer
Jeannies à lutter contre le sommeil
dont elle était accablée, pour retour-
ner sa proue, depuis si long-temps
battue des eaux, vers les joncs ma-
rins qui bordent le long golphe des
montagnes. « Qui auroit pu le con-
» traindre à traverser le lac à cette
» heure, disoit-elle, si ce n'étoit le
» besoin d'éviter un ennemi, ou de

» rejoindre un ami qui l'attend ? Oh
» que ceux qui attendent ce qu'ils ai-
» ment, ne soient jamais trompés
» dans leur espérance, qu'ils obtien-
» nent ce qu'ils ont désiré!... » Et les
lames si larges et si paisibles, se mul-
tiplioient sous la rame de Jeannies qui
les frappoit commé un fléau. Les cris
continuoient à se faire entendre, mais
tellement grêles et cassés, qu'ils res-
sembloient plutôt à la plainte d'un
fantôme qu'à la voix d'une créature
humaine, et la paupière de Jeannies,
soulevée avec effort du côté du rivage, ne lui dévoiloit qu'un horizon
sombre dont rien de vivant n'ani-
moit la profonde immobilité. Si elle

avoit cru appercevoir d'abord une figure penchée sur le lac, et qui étendoit contre elle des bras supplians, elle n'avoit pas tardé à reconnoître dans le prétendu étranger une souche morte qui balançoit sous le poids des frimats deux branches desséchées. S'il lui avoit semblé un instant qu'elle voyoit circuler une ombre à peu de distance de son bateau, parmi les brumes tout-à-fait descendues, c'étoit la sienne que la dernière lumière du crépuscule horizontal peignoit sur le rideau flottant, et qui se confondoit de plus en plus avec les immenses ténèbres de la nuit. Sa rame, enfin, frappoit déjà les fûts

sifflans des roseaux du rivage, quand
elle en vit sortir un vieillard si courbé
sous le poids des ans qu'on auroit
dit que sa tête appesantie cherchoit
un appui sur ses genoux, et qui ne
maintenoit l'équilibre de son corps
chancelant qu'en se confiant à un
jonc fragile qui cependant le sup-
portoit sans fléchir; car ce vieillard
étoit nain, et le plus petit, selon
toute apparence, qu'on eût jamais
vu en Ecosse. L'étonnement de Jeannies redoubla, lorsque, tout caduc
qu'il paroissoit, il s'élança légèrement
dans la barque, et prit place en face
de la batelière, d'une manière qui ne
manquoit ni de souplesse ni de grâce.

6*

» Mon père ; lui dit-elle , je ne vous
» demande point où vous vous propo-
» sez de vous rendre , car le but de
» votre voyage doit être trop éloigné,
» pour que vous puissiez espérer d'y
» arriver cette nuit. »

» Vous êtes dans l'erreur , ma fille ,
lui répondit-il : je n'en ai jamais été
» aussi près , et depuis que je suis
» dans cette barque , il me semble
» que je n'ai plus rien à désirer pour
» y parvenir, même quand une glace
» éternelle la saisiroit tout-à-coup au
» milieu du golphe. »

» Cela est étonnant , reprit Jeannies.

» Un homme de votre taille et de vo-
» tre âge seroit connu dans tout le
» pays s'il y faisoit son habitation, et
» à moins que vous ne soyez le petit
» homme de l'île de Man dont j'ai en-
» tendu souvent parler à ma mère, et
» qui a enseigné aux habitants de nos
» parages l'art de tresser avec des ro-
» seaux de longs panniers, dont les
» poissons (retenus par quelque pou-
» voir magique) ne peuvent jamais
» retrouver l'issue, je répondrois que
» vous n'avez point de toît sur les côtes
» de la mer d'Irlande. »

— «Oh ! j'en avois un, ma chère
» enfant, qui étoit bien voisin de ce

» rivage, mais on m'en a cruellement
» dépossédé ! »

— « Je comprends alors, bon vieil-
» lard, le motif qui vous ramène sur
» les côtes d'Argail. Il faut y avoir
» laissé de bien tendres souvenirs,
» pour quitter dans cette saison et à
» cette heure avancée les rians riva-
» ges du lac Lomond, bordés d'ha-
» bitations délicieuses, où abonde un
» poisson plus exquis que celui de nos
» eaux marines, et un wiskey plus
» salutaire pour votre âge que celui
» de nos pêcheurs et de nos matelots.
» Pour revenir parmi nous, il faut
» aimer quelqu'un dans cette région

» des tempêtes, que les serpents eux-
» mêmes désertent à l'approche des
» hivers. Ils se glissent vers le lac Lo-
» mond, le traversent en désordre
» comme un clan de maraudeurs qui
» vient de lever l'impôt noir, et cher-
» chent à se réfugier sous quelques
» rochers exposés au midi. Les pères,
» les époux, les amans ne craignent pas
» cependant d'aborder des contrées ri-
» goureuses quand ils s'attendent à y
» rencontrer les objets auxquels ils
» sont attachés; mais vous ne pourriez
» songer sans folie; à vous éloigner
» cette nuit des bords du lac Long. »

» Ce n'est pas là mon intention, dit

l'inconnu. J'aimerois cent fois mieux
» y mourir ! »

» Quoique Dougal soit fort réservé
» sur la dépense , continua Jeannies
qui n'abandonnoit pas sa pensée,
et qui n'avait prêté qu'une legère
attention aux interruptions du passager, » Quoiqu'il souffre, ajouta-t-
» elle avec un peu d'amertume, que
» la femme et les filles de Coll Came-
» ron qui est moins aisé que nous,
» me surpassent en toilette dans les
» fêtes du clan, il y a toujours dans
» sa chaumière du pain d'avoine
» et du lait pour les voyageurs; et
» j'aurois bien plus de plaisir à vous

» voir épuiser notre bon wiskey qu'à
» ce vieux moine de Balva qui n'est
» jamais venu chez nous que pour y
» faire du mal ! »

» Que m'apprenez-vous, mon en-
» fant, reprit le vieillard en affectant
le plus grand étonnement ? C'est pré-
» cisément vers la chaumière de Dou-
» gal le pêcheur, que mon voyage est
» dirigé ; c'est là, s'écria-t-il en at-
tendrissant encore sa voix tremblante, que je dois revoir tout ce
» que j'aime, si je n'ai pas été trom-
» pé par des renseignements infidèles.
» La fortune m'a bien servi de me
» faire trouver ce bateau !... »

« Je comprends, dit Jeannie en
souriant. Grâces soient rendues au
» petit homme de l'île de Man ! Il a
» toujours aimé les pêcheurs. »

» Hélas, je ne suis pas celui que vous
» pensez ! un autre sentiment m'attire
» dans votre maison. Apprenez, ma
» jolie dame, car ces lumières boréa-
» les qui baignent le front des mon-
» tagnes, ces étoiles qui tombent du
» ciel en se croisant et qui blanchis-
» sent tout l'horizon, ces sillons lumi-
» neux qui glissent sur le golphe et qui
» étincèlent sous votre rame ; la
» clarté qui s'avance, qui s'étend et
» vient trembler jusqu'à nous depuis

» ce bateau éloigné, tout cela m'a

» permis de remarquer que vous étiez

» fort jolie; apprenez, vous disois-je

» donc, que je suis le père d'un follet

» qui habite maintenant chez Dougal

» le pêcheur; et si j'en crois ce qu'on

» m'a raconté, si j'en crois surtout

» votre physionomie et votre langage,

» je comprendrois à peine à l'âge où

» je suis parvenu, qu'il eût pu choi-

» sir une autre demeure. Il n'y a que

» peu de jours que j'en suis informé,

» et je ne l'ai pas vu, le pauvre enfant,

» depuis le règne de Fergus. Cela tient

» à une histoire que je n'ai pas le

» temps de vous raconter, mais ju-

» gez de mon impatience ou plutôt

7

» de mon bonheur, car voilà le ri-
» vage. »

Jeannies imprima au bateau un
mouvement de retour, et jeta sa tête
en arrière en appuyant une main sur
son front.

« Eh bien ! dit le vieillard, nous n'a-
» bordons pas ? »

« Aborder, répondit Jeannies en
sanglottant ! Père infortuné ! Trilby
» n'y est plus !..... »

— « Il n'y est plus ! et qui l'en au-
» roit chassé ? Auriez-vous été capable,

» Jeannies, de l'abandonner à ces mé-
» chans moines de Balva, qui ont
» causé tous nos malheurs?..... »

« Oui, oui, dit Jeannies, avec
l'accent du désespoir en repous-
sant le bateau du côté d'Arròqhar.
» Oui, c'est moi qui l'ai perdu, qui
» l'ai perdu pour toujours!.... »

—« Vous, Jeannies, vous si char-
» mante et si bonne! Le misérable en-
» fant! Combien il a du être coupable
» pour mériter votre haine!... »

« Ma haine, reprit Jeannies en laissant tomber sa main sur la rame et

sa tête sur sa main! Dieu seul peut
» savoir combien je l'aimois!... »

« Tu l'aimois, s'écria Trilby en couvrant ses bras de baisers (car ce voyageur mystérieux étoit Trilby lui-même, et je suis fâché d'avouer que si
mon lecteur éprouve quelque plaisir
à cette explication, ce n'est probablement pas celui de la surprise!)
« Tu l'aimois! ah répète que tu l'ai-
» mois! ose le dire à moi, le dire pour
» moi, car ta résolution décidera de
» ma perte ou de mon bonheur! Ac-
» cueille-moi, Jeannies, comme un
» ami, comme un amant, comme ton
» esclave, comme ton hôte, comme

» tu accueillois du moins ce passager
» inconnu. Ne refuse pas à Trilby un
» asile secret dans ta chaumière!...»

Et en parlant ainsi, le follet s'étoit
dépouillé du travestissement bizarre
qu'il avoit emprunté la veille aux
Shoupeltins du Shetland. Il abandonnoit au cours de la marée ses cheveux
de chanvre et sa barbe de mousse
blanche, son collier varié d'algue et
de criste marine qui se rattachoit
d'espace en espace à des coquillages
de toutes couleurs, et sa ceinture enlevée à l'écorce argentée du bouleau.
Ce n'était plus que l'esprit vagabond
du foyer, mais l'obscurité prêtoit à

son aspect quelque chose de vague
qui ne rappeloit que trop à Jeannies
les prestiges singuliers de ses derniers
rêves, les séductions de cet amant
dangereux du sommeil qui occupoit
ses nuits d'illusions si charmantes et
si redoutées, et le tableau mystérieux
de la galerie du monastère.

« Oui, ma Jeannies, murmuroit-il
d'une voix douce mais foible comme
celle de l'air caressant du matin
quand il soupire sur le lac ; rends-
» moi le foyer d'où je pouvois t'enten-
» dre et te voir, le coin modeste de la
» cendre que tu agitois le soir pour
» réveiller une étincelle, le tissu aux

» mailles invisibles .qui court sous
» les vieux lambris, et qui me prêtoit
» un hamac flottant dans les nuits
» tièdes de l'été. Ah s'il le faut, Jean-
» nies, je ne t'importunerai plus de
» mes caresses, je ne te dirai plus que
» je t'aime, je n'effleurerai plus ta
» robe, même quand elle cédera en
» volant vers moi au courant de la
» flamme et de l'air. Si je me permets
» de la toucher une seule fois, ce se-
» ra pour l'éloigner du feu près d'y
» atteindre, quand tu t'endormiras
» en filant. Et je te dirai plus, Jean-
» nies, car je vois que mes prières ne
» peuvent te décider, accorde-moi
» pour le moins une petite place dans

» l'étable; je conçois encore un peu
» de bonheur dans cette pensée, je
» baiserai la laine de ton mouton,
» parce que je sais que tu aimes à la
» rouler autour de tes doigts; je tres-
» serai les fleurs les plus parfumées
» de la crèche pour lui en faire des
» guirlandes, et lorsque tu rempliras
» l'aire d'une nouvelle litière de paille
» fraîche, je la presserai avec plus
» d'orgueil et de délices que les riches
» tapis des rois; je te nommerai tout
» bas: Jeannies, Jeannies!..... et per-
» sonne ne m'entendra, sois-en sûre,
» pas même l'insecte monotone qui
» frappe dans la muraille à intervalles
» mesurés, et dont l'horloge de mort

» interrompt seule le silence de la
» nuit. Tout ce que je veux, c'est d'être
» là, et de respirer un air qui touche à
» l'air que tu respires ; un air où tu as
» passé, qui a participé de ton souffle ,
» qui a circulé entre tes lèvres , qui a
» été pénétré par tes regards , qui
» t'auroit caressée avec tendresse si la
» nature inanimée jouissoit des privi-
» léges de la nôtre , si elle avoit du sen-
» timent et de l'amour ! »

Jeannies s'apperçût qu'elle s'étoit
trop éloignée du rivage , mais Trilby
comprit son inquiétude et se hâta de
la rassurer en se réfugiant à la pointe
du bateau. « Va, Jeannies , lui dit-

il, regagne sans moi les rives d'Ar-
» gail où je ne puis pénétrer sans la
» permission que tu me refuses. Aban-
» donne le pauvre Trilby sur une terre
» d'exil pour y vivre condamné à la
» douleur éternelle de ta perte; rien
» ne lui coûtera si tu laisses tomber
» sur lui un regard d'adieu! malheu-
» reux! que la nuit est profonde!

Un feu follet brilla sur le lac.

» Le voilà, dit Trilby, mon Dieu,
» je vous remercie! j'aurois accepté
» votre malédiction à ce prix! »

« Ce n'est pas ma faute, dit Jeannies; je ne m'attendois point, Tril-

» by, à cette lumière étrange, et si
» mes yeux ont rencontré les vô-
» tres.... si vous avez cru y lire l'ex-
» pression d'un consentement dont,
» en vérité, je ne prévoyois pas les
» conséquences, vous le savez, l'arrêt
» du redoutable Ronald porte une
» autre condition. Il faut que Dougal
» lui-même vous envoie à la chau-
» mière. Et d'ailleurs votre bonheur
» même n'est-il pas intéressé à son
» refus et au mien? Vous êtes aimé,
» Trilby, vous êtes adoré des nobles
» dames d'Argail, et vous devez avoir
» trouvé dans leurs palais... »

» Les palais des dames d'Argail,

reprit vivement Trilby? O! depuis
»que j'ai quitté la chaumière de
» Dougal, quoique ce fût au com-
» mencement de la plus mauvaise
» saison de l'année, mon pied n'a pas
» foulé le seuil de la demeure de
» l'homme ; je n'ai pas ranimé mes
» doigts engourdis à la flamme d'un
» foyer pétillant. J'ai eu froid, Jean-
» nies, et combien de fois, las de
» grelotter au bord du lac, entre les
» branches des arbustes desséchés qui
» plient sous le poids des frimats, je
» me suis élevé en bondissant, pour
» réveiller un reste de chaleur dans
» mes membres transis, juqu'au som-
» met des montagnes! combien de

»fois je me suis enveloppé dans les
»neiges nouvellement tombées, et
»roulé dans les avalanches, mais
»en les dirigeant de manière à ne
»pas nuire à une construction, à ne
»pas compromettre l'espérance d'une
»culture, à ne pas offenser un être
»animé. L'autre jour, je vis en cou-
»rant une pierre sur laquelle un fils
»exilé avoit écrit le nom de sa mère ;
»ému, je m'empressai de détourner
»l'horrible fléau, et je me précipi-
»tai avec lui dans un abyme de glace
»où il n'a jamais respiré un insecte.
»— Seulement, si le cormoran fu-
»rieux de trouver le golphe empri-
»sonné sous une muraille de glace

» qui lui refuse le tribut de sa pêche
» accoutumée, le traversoit en criant
» d'impatience pour aller ravir une
» proie plus facile au Firth de Clyde ou
» au Sund du Jura, je gagnois, tout
» joyeux, le nid escarpé de l'oiseau
» voyageur, et sans autre inquiétude
» que de le voir abréger la durée de
» son absence, je me réchauffois entre
» ses petits de l'année, trop jeunes
» encore pour prendre part à ses ex-
» péditions de mer, et qui bientôt
» familiarisés avec leur hôte clandes-
» tin, car je n'ai jamais manqué de
» leur porter quelque présent, s'écar-
» toient à mon approche pour me lais-
» ser une petite place parmi eux au

» milieu de leur lit de duvet. Ou bien ,
» à l'imitation du mulot industrieux
» qui se creuse une habitation sou-
» terraine pour passer l'hyver , j'enle-
» vois avec soin la glace et la neige
» amoncelées dans un petit coin de la
» montagne qui devoit être exposé le
» lendemain aux premiers rayons du
» soleil levant , je soulevais avec pré-
» caution le tapis des vieilles mousses
» qui avaient blanchi depuis bien des
» années sur le roc , et au moment
» d'arriver à la dernière couche, je
» me liois de leurs fils d'argent comme
» un enfant de ses langes , et je m'en-
» dormais protégé contre le vent de la
» nuit sous mes courtines de velours ;

» heureux, surtout , quand je m'avi-
» sois que tu avois pu les fouler en
» allant payer la dîme du grain ou du
» poisson. Voilà , Jeannies , les su-
» perbes palais que j'ai habités, voilà
» le riche accueil que j'ai reçu depuis
» que je suis séparé de toi, celui de
» l'escarbot frileux que j'ai quelque-
» fois, sans le savoir , dérangé au fond
» de sa retraite , ou de la mouëte étour-
» die qu'un orage subit forçoit à se
» réfugier près de moi dans le creux
» d'un vieux saule miné par l'âge et le
» feu, dont les noires cavités et l'âtre
» comblé de cendre marquent le ren-
» dez-vous habituel des contreban-
» diers. C'est là, cruelle, le bonheur

» que tu me reproches. Mais, que dis-
» je! Ah! ce temps de misère n'a pas été
» sans bonheur! quoiqu'il me fût dé-
» fendu de te parler, et même de
» m'approcher de toi sans ta permis-
» sion, je suivois du moins ton bâ-
» teau du regard, et des follets moins
» sévèrement traités, compatissans à
» mes chagrins, m'apportoient quel-
» quefois ton souffle et tes soupirs !
» Si le vent du soir avoit chassé de tes
» cheveux les débris d'une fleur d'au-
» tomne, l'aîle d'un ami complaisant
» la soutenoit dans l'espace jusqu'à la
» cime du rocher solitaire, jusques
» dans la vapeur du nuage errant où
» j'étois relégué, et la laissoit tomber en

7*

» en passant sur mon cœur. Un jour
» même, t'en souvient-il? le nom de
» Trilby avoit expiré sur ta bouche; un
» lutin s'en saisit, et vint charmer mon
» oreille du bruit de cet appel involon-
» taire. Je pleurois alors en pensant à
» toi, et les larmes de ma douleur se
» changèrent en larmes de joie : est-ce
» près de toi qu'il m'étoit réservé de re-
» gretter les consolations de mon exil?»

« Expliquez-vous, Trilby, dit Jeannies qui cherchoit à se distraire de
son émotion. — Il me semble que
» vous venez de me dire, ou de me
» rappeler, qu'il vous étoit défendu
» de me parler et de vous rapprocher

» de moi sans ma permission. C'étoit
» en effet l'arrêt du moine de Balva.
» Comment se fait-il donc que main-
» tenant vous soyez dans mon bâteau,
» près de moi, connu de moi, sans
» que je vous l'aie permis ?... »

— « Jeannies, pardonnez-moi de
vous le répéter, si cet aveu coûte à
» votre cœur !... Vous avez dit que
» vous m'aimiez ! »

« Séduction ou foiblesse, égare-
» ment ou pitié, je l'ai dit, reprit
Jeannies, mais auparavant, mais
» jusques-là, je croyois que le bâteau
» devoit être inaccessible pour vous,
» comme la chaumière... —

—« Je ne le sais que trop! combien
» de fois n'ai-je pas tenté inutilement
» de l'appeler près de moi ? l'air em-
» portoit mes plaintes , et vous ne
» m'entendiez pas !»

— « Alors, comment puis-je com-
»prendre ?... »

» Je ne le comprends pas moi-
» même , répondit Trilby , à moins,
continua-t-il d'un ton de voix plus
humble et plus tremblant ,que vous
»n'ayez confié le secret, que je vous
» ai surpris par hazard à des cœurs
»favorables, à des amitiés tutélaires ,
» qui dans l'impossibilité de révoquer

»entièrement ma sentence, n'ont
»pas renoncé à l'adoucir... »

« Personne, personne, s'écria Jeannies épouvantée ; moi-même je ne
»savois pas, moi-même, je n'étois
»pas sûre encore... et votre nom n'est
»parvenu de ma pensée à mes lèvres
»que dans le secret de mes priè-
»res... » —

»Dans le secret même de vos priè-
»res, vous pouviez émouvoir un cœur
»qui m'aimât, et si devant mon
»frère Colombain, Colombain Mac-
»farlane...

»Votre frère Colombain ! si devant

» lui... et c'est votre frère ! — Dieu de
» bonté !..... prenez pitié de moi !
» pardon !... pardon !... »

« Oui, j'ai un frère, Jeannies, un
» frère bien-aimé, qui jouit de la
» contemplation de Dieu, et pour
» qui mon absence n'est que l'inter-
» valle pénible d'un triste et périlleux
» voyage dont le retour est presque
» assuré. Mille ans ne sont qu'un mo-
» ment sur la terre pour ceux qui ne
» doivent se quitter jamais. — »

« Mille ans, — c'est le terme que
» Ronald vous avoit assigné, si vous
» rentriez à la chaumière... —

» Et que sont mille ans de la plus
» sévère captivité, que seroit une éter-
» nité de mort, une éternité de dou-
» leur, pour l'âme que tu aurois ai-
» mée, pour la créature trop favorisée
» de la Providence qui auroit été as-
» sociée pendant quelques minutes
» aux mystères de ton cœur, pour
» celui dont les yeux auroient trouvé
» dans tes yeux un regard d'abandon,
» sur ta bouche un sourire de ten-
» dresse! Ah le néant, l'enfer même
» n'auroit que des tourments impar-
» faits pour l'heureux damné dont
» les lèvres auroient effleuré tes lèvres,
» caressé les noirs anneaux de tes
» cheveux, pressé tes cils humides

» d'amour, et qui pourroit penser
» toujours au milieu des supplices
» sans fin, que Jeannies l'a aimé un
» moment! Conçois-tu cette volupté
» immortelle! Ce n'est pas ainsi que
» la colère de Dieu s'appesantit sur les
» coupables qu'elle veut punir! —
» Mais tomber, brisé de sa puissante
» main dans un abîme de désespoir et
» de regrets où tous les démons ré-
» pètent pendant tous les siècles :
» Non, non, Jeannies ne t'a pas aimé!
» —Cela, Jeannies, c'est une horri-
» ble pensée, un inconsolable ave-
» nir!—Vois, regarde, consulte; mon
» enfer dépend de toi. »

　　—« Songez du moins, Trilby, que

»l'aveu de Dougal est nécessaire à
»l'accomplissement de vos désirs, et
»que sans lui....

« Je me charge de tout, si votre
»cœur répond à mes prières. — O
»Jeannies!... à mes prières et à mes
»espérances!...— »

« Vous oubliez!... — »

« Je n'oublie rien!... — »

« Dieu, cria Jeannies!... tu ne vois
»pas,..... tu ne vois pas,.... tu es
»perdu!... — »

« Je suis sauvé,.... répondit Trilby
en souriant. —

8

» Voyez,..... voyez,..... Dougal est
» près de nous. — »

En effet, au détour du petit pro-
montoire qui lui avoit caché un moment le lac, la barque de Jeannies
se trouva si près de la barque de
Dougal que malgré l'obscurité il auroit infailliblement remarqué Trilby, si le lutin ne s'étoit précipité dans
les flots à l'instant même où le pêcheur préoccupé y laissoit tomber
son filet. En voici bien d'une autre,
dit-il en le retirant, et en dégageant
de ses mailles une boîte d'une forme
élégante et d'une matière précieuse
qu'il crût reconnoître à sa blancheur

si éclatante et à son poli si doux pour
de l'ivoire incrusté de quelque métal
brillant, et enrichi de grosses escarboucles orientales , dont la nuit ne
faisoit qu'augmenter la splendeur.
« Imagine-toi, Jeannies, que depuis le
» matin je ne cesse de remplir mes filets
» des plus beaux poissons bleus que
» j'aie jamais pêchés dans le lac ; et ,
» pour surcroît de bonne fortune, je
» viens d'en retirer un trésor, car si
» j'en juge par le poids de cette boîte
» et par la magnificence de ses orne-
» mens, elle ne contient rien moins
» que la couronne du roi des îles , ou
» les joyaux de Salomon. Empresse-
» toi donc de la porter à ta chau-

» mière, et reviens en hâte vider nos
» filets dans le réservoir de la rade,
» car il ne faut pas négliger les petits
» profits, et la fortune que Saint-Co-
» lombain m'envoie ne me fera jamais
» oublier que je suis né un simple
» pêcheur. »

La batelière fut long-temps sans
pouvoir se rendre compte de ses
idées. Il lui sembloit qu'un nuage
flottoit devant ses yeux et obscurcis-
soit sa pensée, ou que transportée
d'illusion en illusion par un songe
inquiet, elle subissoit le poids du
sommeil et de l'accablement au point
de ne pouvoir se réveiller. En arri-

vant à la chaumière, elle commença
par déposer la boîte avec précaution,
puis s'approcha du foyer, détourna
la cendre encore ardente, et s'étonna
de trouver des charbons enflammés
comme à la veillée d'une fête. Le
grillon chantoit de joie sur le bord
de sa grotte domestique, et la flamme vola vers la lampe qui trembloit
dans la main de Jeannies, avec tant
de rapidité que la chambre en fut
subitement éclairée. Jeannies pensa
d'abord que sa paupière étoit frappée
enfin à la suite d'un long rêve, par
la clarté du matin; mais ce n'étoit
pas cela. Les charbons étinceloient
comme auparavant; le grillon joyeux

chantoit toujours, et la boîte mystérieuse se trouvoit toujours à l'endroit
où elle venoit d'être placée, avec ses
compartimens de vermeil, ses chaî-
nes de perles et ses rosaces de rubis.
« Je ne dormois pas, dit Jeannies !—
Je ne dormois pas !—Fortune déplo-
»rable, continua-t-elle en s'asseyant
près de la table, et en laissant retomber sa tête sur le trésor de Dougal !
» Que m'importent les vaines riches-
» ses que renferme cette cassette d'i-
» voire? Les moines de Balva pensent-
» ils avoir payé à ce prix la perte du
» malheureux Trilby, car je ne puis
» douter qu'il ait disparu sous les
» flots, et qu'il faille renoncer à le

»revoir jamais! Trilby, Trilby, dit-
elle en pleurant!.... et un soupir,
un long soupir lui répondit. Elle
regarda autour d'elle, elle prêta l'o-
reille pour s'assurer qu'elle s'étoit
trompée. En effet, on ne soupiroit
plus. «Trilby est mort, s'écria-t-elle,
» Trilby n'est pas ici! — D'ailleurs,
ajouta-t-elle avec une maligne
joie, quel parti Dougal tirera-t-il
» de ce meuble qu'on ne peut ou-
» vrir sans le briser? Qui lui appren-
» dra le secret de la serrure fée qui
» doit rouler sur ces émeraudes? Il
» faudroit savoir les mots magiques
» de l'enchanteur qui l'a construite,
» et vendre son âme à quelque démon

» pour en pénétrer le mystère. » — «Il
» ne faudroit qu'aimer Trilby et que
» lui dire qu'on l'aime, répartit une
voix qui s'échappoit de l'écrin mer-
veilleux. » — « Condamné pour tou-
» jours si tu refuses, sauvé pour tou-
» jours si tu consens, voila ma desti-
» née, la destinée que ton amour m'a
» faite.... — »

   «Il faut dire?.. reprit Jeannies..—»

» Il faut dire : Trilby, je t'aime!—»

» Le dire.... — et cette boite s'ouvri-
» roit alors?..—et vous seriez libre?—»

» Libre et heureux ! — »

» Non, non, dit Jeannies éperdue!
» non, je ne le peux pas, je ne le dois
» pas!. »

» Et que pourrois-tu redouter?. — »

» Tout, répondit Jeannies! un par-
» jure affreux — le désespoir — la
» mort!.. ».

» Insensée! qu'as-tu donc pensé de
» de moi!... t'imagines-tu, toi qui es
» tout pour l'infortuné Trilby, qu'il
» iroit tourmenter ton cœur d'un
» sentiment coupable, et le poursui-
» vre d'une passion dangereuse qui
» détruiroit ton bonheur, qui empoi-
» sonneroit ta vie!.. Juge mieux de sa

»tendresse! Non, Jeannies, je t'aime
»pour le bonheur de t'aimer, de t'o-
»béir, de dépendre de toi! — Ton
»aveu n'est qu'un droit de plus à ma
»soumission; ce n'est pas un sacri-
»fice! — En me disant que tu m'ai-
»mes, tu délivres un ami et tu ga-
»gnes un esclave! Quel rapport oses-
»tu imaginer entre le retour que je
»te demande et la noble et touchante
»obligation qui te lie à Dougal? L'a-
»mour que j'ai pour toi, ma Jean-
»nies, n'est pas une affection de la
»terre; ah! je voudrois pouvoir te
»dire, pouvoir te faire comprendre
»comment dans un monde nouveau,
»un cœur passionné, un cœur qui a

» été trompé ici dans ses affections les
» plus chères ou qui en a été dépos-
» sédé avant le temps, s'ouvre à des
» tendresses infinies, à d'éternelles
» félicités qui ne peuvent plus être
» coupables! — Tes organes trop foi-
» bles encore n'ont pas compris l'a-
» mour ineffable d'une âme dégagée
» de tous les devoirs, et qui peut sans
» infidélité embrasser toutes les créa-
» tures de son choix, d'une affection
» sans limites! Oh, Jeannies, tu ne
» sais pas combien il y a d'amour hors
» de la vie, et combien il est calme
» et pur! — Dis-moi, Jeannies, dis-
» moi seulement que tu m'aimes! —
» Cela n'est pas difficile à dire..... Il

» n'y a que l'expression de la haine
» qui doive coûter quelque chose à
» la bouche. —Moi, je t'aime, Jean-
» nies, je n'aime que toi! — Vois-tu,
» ma Jeannies! il n'y a pas une pensée
» de mon esprit qui ne t'appartien-
» ne. — Il n'y a pas un battement de
» mon cœur qui ne soit pour le tien!
» mon sein palpite si fort, quand l'air
» que je parcours est frappé de ton
» nom! — mes lèvres frémissent et
» blanchissent si vite quand je veux
» le prononcer! Oh Jeannies, que je
» t'aime! — et tu ne diras pas, tu n'o-
» seras pas dire, toi... Je t'aime, Tril-
» by! pauvre Trilby, je t'aime un
» peu!.... «

« Non, non, dit Jeannies, en s'é-
chappant avec effroi de la chambre
où étoit déposée la riche prison de
Trilby; non, je ne trahirai jamais
» les sermens que j'ai faits à Dougal,
» que j'ai faits librement, et au pied
» des saints autels; il est vrai que
» Dougal a quelquefois une humeur
» difficile et rigoureuse, mais je suis
» assurée qu'il m'aime. Il est vrai aussi
» qu'il ne sait pas exprimer les sen-
» timens qu'il éprouve, comme ce
» fatal esprit déchaîné contre mon
» repos, mais qui sait si ce don fu-
» neste n'est pas un effet particulier
» de la puissance du démon, et si ce
» n'est pas lui qui me séduit dans les

» discours artificieux du lutin? Dou-
» gal est mon ami, mon époux, l'é-
» poux que je choisirois encore ; il a
» ma foi, et rien ne triomphera de
» ma résolution et de mes promesses !
» rien ! pas même mon cœur, continua-t-elle en soupirant ! qu'il se
» brise plutôt que d'oublier le devoir
» que Dieu lui a imposé!..,. »

Jeannies avoit à peine eu le temps
de s'affermir dans la détermination
qu'elle venoit de prendre, en se la
répétant à elle-même avec une force
de volonté d'autant plus énergique
qu'elle avoit plus de résistances à
vaincre, elle murmuroit encore les

dernières paroles de cet engagement
secret, quand deux voix se firent entendre auprès d'elle, au-dessous du
chemin de traverse qu'elle avoit pris
pour arriver plutôt au bord du lac,
mais qu'on ne pouvoit parcourir avec
un fardeau considérable, tandis que
Dougal arrivoit ordinairement par
l'autre, chargé des plus beaux de ses
poissons, surtout lorsqu'il amenoit
un hôte à la chaumière. Les voyageurs suivoient la route inférieure et
marchoient lentement comme des
hommes occupés d'une conversation
sérieuse. C'étoit Dougal et le vieux
moine de Balva que le hasard venoit
de conduire sur le rivage opposé, et

qui étoit arrivé à temps pour passer
dans la barque du pêcheur, et pour
lui demander l'hospitalité. On peut
croire que Dougal n'étoit pas disposé
à la refuser au saint commensal du
monastère dont il avoit reçu ce jour-
là même tant de bienfaits signalés,
car il n'attribuoit pas à une autre
protection le retour inespéré des trésors de la pêche, et la découverte de
cette boîte, si souvent rêvée, qui devoit contenir des trésors bien plus
réels et bien plus durables. Il accueil-
lit donc le vieux moine avec plus
d'empressement encore que le jour
mémorable où il avoit à lui demander le bannissement de Trilby, et

c'étoit des expressions réitérées de sa
reconnoissance, et des assurances so-
lennelles de la continuation des bon-
tés de Ronald, qu'avoit été frappée
l'attention de Jeannies. Elle s'arrêta
comme malgré elle pour écouter,
car elle avoit craint d'abord, sans se
l'avouer, que ce voyage n'eût un autre objet que la quête ordinaire d'In-
verary, qui ne manquoit jamais de
ramener, dans cette saison, un des
émissaires du couvent; sa respira-
tion étoit suspendue, son cœur bat-
toit avec violence; elle attendoit un
mot qui lui révélât un danger pour
le captif de la chaumière, et quand
elle entendit Ronald prononcer d'une

8*

voix forte : « Les montagnes sont dé-
» livrées , les méchans esprits sont
» vaincus : le dernier de tous a été
» condamné aux Vigiles de Saint-Co-
» lombain. » elle conçut un double
motif de se rassurer, car elle ne doutoit point des paroles de Ronald. « Ou
» le moine ignore le sort de Trilby,
dit-elle, ou Trilby est sauvé et par-
» donné de Dieu comme il paroissoit
» l'espérer. » Plus tranquille, elle gagna la baie où les bateaux de Dougal
étoient amarés , vida les filets pleins
dans le réservoir, étendit les filets vides
sur la plage après en avoir exprimé
l'eau avec soin pour les prémunir contre l'atteinte d'une gelée matinale, et

reprit le sentier des montagnes avec ce calme qui résulte du sentiment d'un devoir accompli, mais dont l'accomplissement n'a rien coûté à personne.

« Le dernier des méchans esprits a
» été condamné aux Vigiles de Saint-
» Colombain, répéta Jeannies ; ce ne
» peut pas être Trilby, puisqu'il m'a
» parlé ce soir, et qu'il est maintenant
» à la chaumière, à moins qu'un rêve
» n'ait abusé mes esprits. Trilby est
» donc sauvé, et la tentation qu'il vient
» d'exercer sur mon cœur, n'étoit
» qu'une épreuve dont il ne se seroit
» pas chargé lui-même, mais qui lui
» a été probablement prescrite par les
» saints. Il est sauvé, et je le reverrai

» un jour; un jour certainement! s'é-
cria-t-elle ; il vient lui-même de me
» le dire : mille ans ne sont qu'un mo-
» ment sur la terre pour ceux qui ne
» doivent se quitter jamais! »

La voix de Jeannies s'étoit élevée
de manière à se faire entendre autour d'elle, car elle se croyoit seule
alors. Elle suivoit les longues murailles du cimetière qui à cette heure
inaccoutumée n'est fréquenté que
par les bêtes de rapine, ou tout au
plus par de pauvres enfans orphe-
lins qui viennent pleurer leur père.
Au bruit confus de ce gémissement
qui ressembloit à une plainte du

sommeil, une torche s'exhaussa de
l'intérieur jusqu'à l'élévation des
murs de l'enceinte funèbre et versa
sur la longue tige des arbres les plus
voisins , des lumières effrayantes.
L'aube du Nord qui avoit commencé
à blanchir l'horizon polaire depuis
le coucher du soleil , déployoit lentement son voile pâle à travers le ciel
et sur toutes les montagnes , triste et
terrible comme la clarté d'un incendie éloigné auquel on ne peut porter
du secours. Les oiseaux de nuit surpris dans leurs chasses insidieuses ,
resserroient leurs ailes pesantes et se
laissoient rouler étourdis sur les pen-
tes du Cobler, et l'aigle epouvanté

crioit de terreur à la pointe de ses rochers, en contemplant cette aurore
inaccoutumée qu'aucun astre ne suit
et qui n'annonce pas le matin.

Jeannies avoit souvent ouï parler
des mystères des sorcières, et des
fètes qu'elles se donnoient dans la
dernière demeure des morts, à cer-
taines époques des lunes d'hiver.
Quelquefois même, quand elle rentroit fatiguée sous le toit de Dougal,
elle avoit cru remarquer cette lueur
capricieuse qui s'élevoit et retomboit
rapidement; elle avoit cru saisir dans
l'air des éclats de voix singuliers, des
rires glapissants et féroces, des chants

qui paroissoient appartenir à un autre monde, tant ils étoient grêles et
fugitifs. Elle se souvenoit de les avoir
vues, avec leurs tristes lambeaux
souillés de cendre et de sang, se perdre dans les ruines de la clôture iné-
gale, ou s'égarer comme la fumée
blanche et bleue du souffre dévoré
par la flamme, dans les ombres des
bois et dans les vapeurs du ciel. En-
traînée par une curiosité invincible,
elle franchit le seuil redoutable qu'elle
n'avoit jamais touché que de jour
pour aller prier sur la tombe de sa
mère. — Elle fit un pas et s'arrêta.
— Vers l'extrémité du cimetière qui
n'étoit d'ailleurs ombragé que de

cette espèce d'ifs dont les fruits rouges comme des cerises tombées sur un cyprès de la corbeille d'une fée, attirent de loin tous les oiseaux de la contrée ; derrière l'endroit marqué pour une dernière fosse qui étoit déjà creusée et qui étoit encore vide, il y avoit un grand bouleau qu'on appeloit l'Arbre du Saint, parce que l'on prétendoit que saint Colombain jeune encore, et avant qu'il fût entièrement revenu des illusions du monde, y avoit passé toute une nuit dans les larmes, en luttant contre le souvenir de ses profanes amours. Ce bouleau étoit depuis un objet de vénération pour le peuple, et si j'avois été poëte,

j'aurois voulu que la postérité en con-
servât le souvenir.

Jeannies écouta, retint son souffle,
baissa la tête pour entendre sans distraction, fit encore un pas, écouta
encore. Elle entendit un double bruit
semblable à celui d'une boîte d'ivoire
qui se brise et d'un bouleau qui éclate,
et au même instant, elle vit la longue réverbération d'une clarté éloignée courir sur la terre, blanchir à
ses pieds et s'éteindre sur ses vêtemens. Elle suivit timidement jusqu'à
son origine le rayon qui l'éclairoit;
il aboutissoit à l'ARBRE DU SAINT, et
devant l'ARBRE DU SAINT, il y avoit un

9

homme debout dans l'attitude de l'imprécation, un homme prosterné dans l'attitude de la prière. Le premier brandissoit un flambeau qui baignoit de lumière son front impitoyable, mais serein. L'autre sembloit pleurer. Elle reconnut Ronald et Dougal. Il y avoit encore une voix, une voix éteinte comme le dernier souffle de l'agonie, une voix qui sanglottoit foiblement le nom de Jeannies, et qui s'évanouit dans le bouleau. «Trilby,» cria Jeannies!...et laissant derrière elle toutes les fosses, elle s'élança dans la fosse qui l'attendoit sans doute, car personne ne trompe sa destinée! «Jeannies, Jean-

» niés, » dit le pauvre Dougal ! « Dou-
» gal ! » répondit Jeannies en étendant
vers lui sa main tremblante, et en
regardant tour-à-tour Dougal et l'Arbre du Saint, « Daniel, mon bon Da-
» niel, mille ans ne sont rien sur la
» terre.... rien, » reprit-elle en soule-
vant péniblement sa tête ! puis elle
la laissa retomber et mourût. Ronald
un moment interrompu reprit sa
prière où il l'avoit laissée.

Il s'étoit passé bien des siècles depuis cet événement quand la destinée
des voyages, et peut-être aussi quelques soucis du cœur me conduisirent
au cimetière. Il est maintenant loin

de tous les hameaux, et c'est à plus
de quatre lieues qu'on voit flotter sur
la même rive la fumée des hautes
cheminées de Portincaple. Toutes
les murailles de l'ancienne enceinte
sont détruites; il n'en reste même
que de rares vestiges, soit que les
habitants du pays aient employé leurs
matériaux à de nouvelles construc-
tions, soit que les terres des Boulingrins d'Argail, entraînées par des
dégels subits, les aient peu-à-peu re-
couverts. Cependant la pierre qui sur-
montoit la fosse de Jeannies a été
respectée par le temps, par les cata-
ractes du ciel, et même par les hommes. On y lit toujours ces mots tracés

d'une main pieuse : *Mille ans ne sont qu'un moment sur la terre pour ceux qui ne doivent se quitter jamais.* L'ARBRE DU SAINT est mort, mais quelques arbustes pleins de vigueur couronnoient sa souche épuisée de leur riche feuillage, et quand un vent frais souffloit entre leurs sillons verdoyants, et courboit, et relevoit leurs épaisses ramées, une imagination vive et tendre pouvoit y rêver encore les soupirs de Trilby sur la fosse de Jeannies. Mille ans sont si peu de temps pour posséder ce qu'on aime, si peu de temps pour le pleurer!.....

FIN.

LIBRAIRIE DE LADVOCAT.

OUVRAGES PUBLIÉS PAR SOUSCRIPTION.

Chefs-d'œuvre des théâtres étrangers, allemand, anglais, danois, espagnol, hollandais, italien, polonais, portugais, russe, suédois; traduits en français par MM. Aignan, Andrieux, membres de l'Académie française; le baron de Barante, Michel Berr, Bertrand, Benjamin Constant, Châtelain, Cohen, Denis, Esménard, Guizard, Guizot, Labeaumelle, Lebrun, Malte-Brun, Merville, Charles Nodier, Pichot, Remusat, le comte de Sainte-Aulaire, le baron de Staël, Trognon, Mennichet, lecteur du Roi, Abel Rémusat, membres de l'Institut, Visconti, Campenon, Villemain, membres de l'Académie française.

20 vol. in-8° de plus de 500 pages, et imprimés sur beau papier satiné.

Le prix de chaque volume est de 6 francs papier ordinaire, et 15 fr. le grand papier vélin satiné : deux livraisons paraissent chaque mois; la collection entière sera publiée à la fin d'octobre 1822. Quatre livraisons ont paru :

1re livraison, 2 vol. Chefs-d'œuvre de Lope de Vega, traduits par MM. Labeaumelle et Esménard.

2e livraison. 1er vol. des chefs-d'œuvre du théâtre italien, traduit par M. Trognon.

3e livraison. 1er vol. du théâtre allemand. 2 volumes. Œuvres de Goethe.

4e livraison. 1er vol. des chefs-d'œuvre de Caldéron, traduit par MM. Labeaumelle et Esménard.

Jusqu'à la 10e livraison les volumes paraîtront dans l'ordre suivant :

5e livraison, 15 avril. 1er vol. des chefs-d'œuvre du théâtre anglais, traduit par MM. Andrieux, Guizot, Nodier et Villemain.

6e livraison, 5 mai. 2e vol. du théâtre allemand, chefs-d'œuvre de Lessing, traduit par MM. de Barante, Berr, Merville et le comte de Sainte-Aulaire.

7e livraison, 20 mai. 1er vol. des chefs-d'œuvre du théâtre hollandais, traduit par M. Cohen.

8e livraison, 5 juin. 1er vol. des chefs - d'œuvre de Lope de Vega, traduit par MM. Esménard et Labeaumelle.

9e livraison, 20 juin. 2e vol. des chefs-d'œuvre du théâtre allemand, œuvres de Mullner et de Grillparzer, traduit par MM. Benjamin Constant et le comte de Sainte-Aulaire.

10e livraison, 5 juillet. 2e vol. des chefs-d'œuvre du théâtre anglais, traduit par MM. Andrieux, Guizot, Nodier et Pichot.

OEuvres complètes de Shakspeare, traduites de l'anglais par Le Tourneur. Nouvelle édition, revue et corrigée par F. Guizot et le traducteur des œuvres de lord Byron, et ornée d'un beau portrait ; précédée d'une notice biographique sur Shakspeare par Guizot. 13 vol. in-8° de plus de 500 pages chacun, ornés d'un portrait.

Prix : 5 fr. le vol., 5 fr. 50 c. papier satiné, et 15 fr. grand papier raisin vélin. Tous les volumes ont paru.

OEuvres dramatiques de Schiller, traduites de l'allemand, et précédées d'une notice biographique sur Schiller, par M. de Barante, ornées d'un beau portrait. 6 vol. Prix : 30 et 33 fr. papier satiné, et 90 fr. grand raisin vélin. Tous les volumes ont paru.

OEuvres complètes de lord Byron, 4e édition entièrement revue et corrigée par A. P....t ; précédée d'une notice sur lord Byron, par M. Charles Nodier. 5 vol. in-8° ornés de 27 vignettes.

Conditions de la souscription.

Cette édition paraîtra par livraisons d'un volume ; et chaque volume, composé de 500 pages, coûtera 9 fr., papier satiné, aux souscripteurs. Cinquante exemplaires seulement seront tirés sur grand papier raisin vélin, et coûteront 25 fr. le volume, figures avant la lettre et épreuves à l'eau forte.

Pour être souscripteur, il suffit de se faire inscrire, et de s'engager à retirer les livraisons à mesure qu'elles paraîtront.

Cette édition, qui formera 5 vol. et qui sera imprimée par MM. Firmin Didot père et fils avec autant de soin que leur édition de Rollin, a été revue entièrement et corrigée par M. Pichot, collaborateur de M. Guizot pour la traduction de Shakspeare, et contient non-seulement toutes les poésies qui se trouvent dans l'édition in-8° publiée en 4 volumes, mais encore la fameuse tragédie le Doge de Venise, les Prophéties du Dante, les Lettres sur Pope, les 3e, 4e et 5e chants de Don Juan, les Deux Foscari, Caïn, Sardanapale, et autres morceaux nouvellement traduits.

Pour rendre cette édition digne du but que l'éditeur s'est proposé, il fait exécuter 27 gravures d'après les beaux dessins de Westall, par les meilleurs artistes de notre école. Ce travail, déjà tres-avancé, n'aura rien à envier à celui des plus habiles graveurs de l'Angleterre, et ne fera cependant pas sortir cette édition de la proportion économique de 20 pour 100 du prix d'achat. (L'édition originale se vend 250 fr. à Londres.)

La collection de ces quatre ouvrages coûtera aux souscripteurs :

20 vol. des Théâtres étrangers...	120 fr.	[Dont 8 ont paru.].....	48 fr.
13 vol. du Shakspeare.............	65	[Ils ont tous paru.]......	65
6 vol. du Schiller.................	30	[Idem.]....................	30
5 vol. du Byron..................	45	[3 livraisons paraissent.].	27
44 volumes.	260 fr.		170 fr.

Les personnes qui souscriront pour cette collection des OEuvres de Shakspeare, Schiller, Théâtres étrangers et Byron, pourront la recevoir de suite (c'est-à-dire les 30 vol. parus) sans néanmoins payer les 170 francs comptant pour les 30 vol. Il suffira qu'elles s'engagent à payer à l'éditeur la somme de 20 fr. par mois, jusqu'à parfait paiement, à partir du jour de la livraison.

Les prospectus particuliers de ces différens ouvrages se délivrent chez l'éditeur.

OEuvres complètes de lord Byron. 11 jolis vol. in-18 ornés d'un très-beau portrait, et imprimés sur papier fin. Prix : 20 fr., et 25 fr. par la poste.

Cette nouvelle édition a été revue avec le plus grand soin par M. Pichot, collaborateur de M. Guizot pour la traduction du Shakspeare. Elle contient toutes les poésies que nous publions en 5 vol. in-8°. Les vol. 9, 10 et 11, contenant les 3e, 4e et 5e chants de Don Juan, les Deux Foscari, Caïn et le Sardanapale, et autres morceaux nouvellement traduits, se vendent séparément 6 fr., et 7 fr. 5o c. par la poste.

OEuvres complètes de Walter Scott, traduites de l'anglais. Nouvelle édition revue et corrigée, précédée d'une notice biographique et littéraire sur sir Walter Scott. Ornées d'un beau portrait. 24 vol. in-8°. Prix : 6 fr. le vol. Deux livraisons ont paru.

Le même ouvrage en 57 vol. in-12. Prix : 2 fr. 5o c. le vol., et 3 fr. par la poste.

OEuvres complètes et OEuvres inédites de Millevoie. 4 vol. in-8° imprimés chez Firmin Didot, et ornés d'un beau portrait. (Le tiers de ces œuvres est inédit.) Prix : 26 fr. La souscription est ouverte chez l'éditeur. Deux volumes paraissent.

Tableau de la Littérature française au dix-huitième siècle, par M. le baron de Barante, pair de France. 1 joli vol. in-18 imprimé chez Firmin Didot. Prix : 3 fr., et 3 fr. 5o c. par la poste.

Trilby, ou *le Lutin d'Argail*, par Charles Nodier. 1 vol. in-12. Prix : 3 fr., et 3 fr. 5o c. par la poste.

Mémoires de l'abbé Morellet, de l'Académie française, sur le 18e siècle et sur la révolution française; précédés de l'Éloge de l'abbé Morellet, par M. Lemontey, membre de l'Institut (Académie française). 2e édition très-augmentée. 2 forts vol. in-8°. Prix : 13 fr.

Ces Mémoires, qui ne peuvent entrer, puisqu'ils sont la propriété de l'éditeur, dans la précieuse collection des *Mémoires sur la Révolution*, publiée par MM. Baudouin frères, sont cependant destinés à la compléter, et comme ils sont indispensables aux souscripteurs de celle-ci, ils ont été imprimés dans le même format et avec les mêmes caractères.

L'Écolier, ou *Raoul et Victor*, par madame Guizot, née Pauline de Meulan, auteur des *Enfans*, Contes. 4 forts vol. in-12, ornés de 16 jolies gravures. Prix : 14 fr., et 17 fr. par la poste.

Nota. Cet ouvrage a récemment remporté le prix à l'Académie, comme étant l'ouvrage littéraire, publié en 1821, qui renfermât le plus de morale, et qui fût le plus propre à être mis sous les yeux de la jeunesse.

Voyage aux Colonies Orientales, ou Lettres écrites des îles de France et de Bourbon à M. le comte de Montalivet, pendant les années 1817, 1818, 1819 et 1820; par Auguste Billiard. Cet ouvrage a particulièrement pour objet les mœurs et les institutions coloniales. Un vol. in-8. Prix : 6 fr., et 7 fr. 50 c. par la poste.

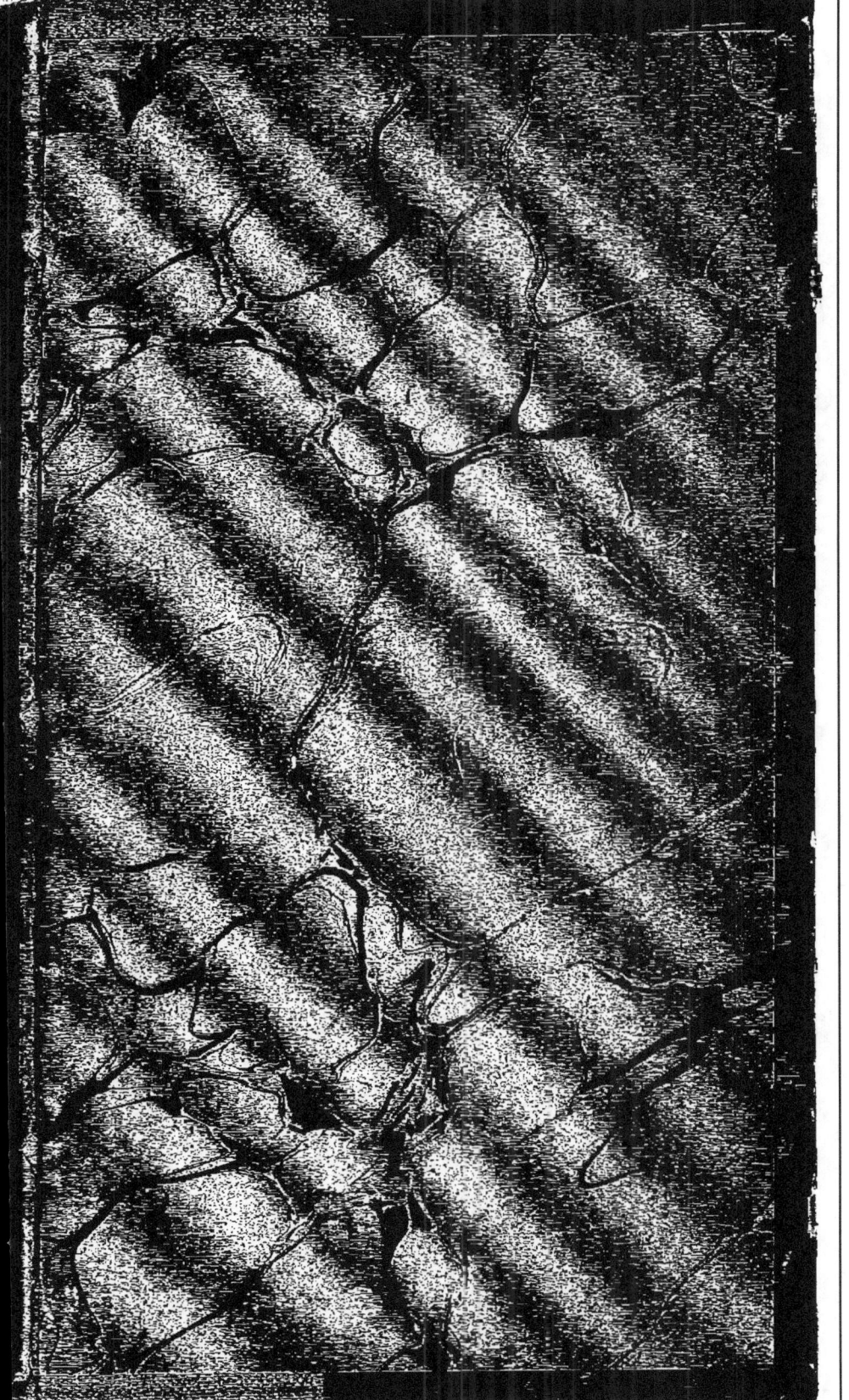

INVENTAIR
2.5.6

www.ingramcontent.com/pod-product-compliance
Lightning Source LLC
Chambersburg PA
CBHW051816020726
47502CB00005B/1483